诗人与诗

杜牧

是非名利有无间

孟祥静 编

河海大学出版社
HOHAI UNIVERSITY PRESS

·南京·

图书在版编目（CIP）数据

杜牧：是非名利有无间 / 孟祥静编. -- 南京：河海大学出版社，2022.3
（诗人与诗 / 李路主编）
ISBN 978-7-5630-7409-9

Ⅰ. ①杜… Ⅱ. ①孟… Ⅲ. ①唐诗—选集②杜牧（803～852）—人物研究 Ⅳ. ①I222.742②I207.22

中国版本图书馆CIP数据核字(2021)第272811号

丛 书 名 / 诗人与诗
书　　名 / 杜　牧：是非名利有无间
DU MU：SHIFEI MINGLI YOU WU JIAN
书　　号 / ISBN 978-7-5630-7409-9
责任编辑 / 毛积孝
特约编辑 / 胡　媛
特约校对 / 李　萍
装帧设计 / 刘昌凤
出版发行 / 河海大学出版社
地　　址 / 南京市西康路1号（邮编：210098）
电　　话 /（025）83737852（总编室）
（025）83722833（营销部）
经　　销 / 全国新华书店
印　　刷 / 三河市元兴印务有限公司
开　　本 / 660毫米×960毫米　1/16
印　　张 / 13.5
字　　数 / 163千字
版　　次 / 2022年3月第1版
印　　次 / 2022年3月第1次印刷
定　　价 / 59.80元

目录

杜牧生平与创作

生平：心怀天下，却抑郁不得志 003

创作：众体皆备，豪迈不失清丽 012

杜牧诗

兵部尚书席上作	023
别怀	024
边上闻笳三首	026
泊秦淮	029
汴河阻冻	030
长安秋望	031
长安杂题长句六首（选一）	032
村行	034
村舍燕	036
初春雨中舟次和州横江裴使君见迎李赵二秀才	037
初冬夜饮	039
赤壁	040
春怀	041
春尽途中	043
春日古道傍作	044
愁	045

酬张祜处士见寄长句四韵 047

池州李使君没后十一日处州新命始到
后见归妓感而成诗 049

重送绝句 051

登乐游原 052

登九峰楼寄张祜 053

读韩集 055

代人寄远六言二首 057

奉陵宫人 059

过华清宫（选二） 060

过勤政楼 062

闺情 064

故洛阳城有感 066

汉江 068

鹤 070

和严恽秀才落花 071

河湟 072

寄扬州韩绰判官 074

003

金谷园 075
九日齐山登高 077
江南春绝句 079
江上逢友人 080
将赴吴兴登乐游原一绝 082
将出关宿层峰驿却寄李谏义 083
将赴湖州留题亭菊 085
经古行宫 086
及第后寄长安故人 088

柳长句 089
洛阳长句二首（选一） 091
洛阳 093
兰溪 095
旅宿 096
旅怀作 098
梅 100
睦州四韵 102
南陵道中 104

念昔游（选二） 105
屏风绝句 107
清明 108
秋浦途中 109
秋夕 110
秋日偶题 111
秋雾寄远 113
秋梦 115
遣怀 117
蔷薇花 118
齐安郡晚秋 119
齐安郡后池绝句 121
齐安郡中偶题二首 122
寝夜 124
润州二首（选一） 126
入茶山下题水口草市绝句 128
商山富水驿 129
商山麻涧 131

沈下贤 133
山石榴 134
送别 135
送隐者一绝 137
送国棋王逢 138
山行 140
书怀 141
隋宫春 142
题扬州禅智寺 143

题宣州开元寺水阁 145
题武关 147
题乌江亭 149
题敬爱寺楼 150
题桃花夫人庙 151
题齐安城楼 153
题木兰庙 154
题元处士高亭 155
题水西寺 156

题横江馆 157
题商山四皓庙一绝 158
题白蘋洲 159
题村舍 161
叹花 162
途中一绝 163
惜春 164
闻庆州赵纵使君与党项战中箭身死，辄书长句 166
杏园 168

宣州送裴坦判官往舒州，时牧欲赴官归京 169
西江怀古 171
宣州开元寺南楼 172
新柳 174
有感 176
有寄 177
雨中作 178
雨 180
月 181

007

寓言	182
鹦鹉	183
赠猎骑	185
赠别	186
赠别二首	188
赠终南兰若僧	190
赠宣州元处士	191
自宣城赴官上京	193

早雁	195
早秋	197
早行	199
早春题真上人院	201
紫薇花	202
郑瓘协律	203

杜牧生平与创作

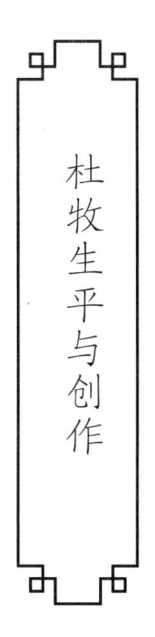

生平：心怀天下，却抑郁不得志

杜牧（803—852），字牧之，号樊川居士，京兆万年（今陕西西安）人，晚唐著名诗人、散文家。二十六岁中进士，历任员外郎、刺史等职，其诗以七言绝句著称，成就颇高，为别于杜甫，被称为"小杜"，与李商隐并称"小李杜"。

家世显赫

杜牧出身于官宦之家，其家族为京兆的豪门望族。唐时有谚语"城南韦杜，去天尺五"，也就是说城南的韦家和杜家势力之大离天不过五尺。而杜家的显赫历史至少可以追溯到西汉时期的御史大夫杜周，杜周作为酷吏入《史记·酷吏列传》，且为杜家积累"家资巨万"。

杜牧一族为杜周三子杜延年的后裔，杜延年精通律法，深得大将军霍光的信任和重用，其画像被悬挂在未央宫的麒麟阁，为"麒麟阁十一功臣"之一。杜延年的七世孙杜畿"少有大志"，曾任三国时期曹魏的尚书仆射。杜畿之孙杜预不仅娶了司马昭的妹妹高陆公主，还文武皆备，是西晋灭吴的统帅之一，获封征南大将军、开府仪同三司，杜预还著有《春秋左氏传集解》《春秋释例》

等，是明朝之前唯一一个同时进入文庙和武庙的人。杜预的后人中有两位伟大的诗人，一位是十三世孙杜甫，一位是十六世孙杜牧。

杜氏一族在杜牧之前依然显赫。杜牧的曾祖杜希望，在唐玄宗时为鸿胪卿、恒州刺史、西河郡太守，官至梁州节度使。杜牧的祖父杜佑，官至宰相，为相十年，历经德宗、顺宗、宪宗三朝，且编撰了我国历史上第一部典志体史书《通典》。杜牧的父亲杜从郁，官至职方员外郎，不过不幸早卒。

少年孤贫

杜牧出生于唐德宗贞元十九年（803），因在家族中排行十三，所以也被称为"杜十三"。杜牧生活在中晚唐时期，这一时期的唐朝藩镇割据、宦官专权、土地集中、赋税繁重，社会矛盾日趋严重。杜牧出生的那一年祖父杜佑升至宰相，此后十年一直位居相位，而且其父和伯父也都为官，因此，杜牧幼时的生活没有受到社会大环境的影响，还算比较优渥。杜牧家的府宅在长安安仁里，朱雀门街东第一街，且在长安城南三十多里处的樊乡还有别墅，杜牧在后来的诗文中常常提到此处，并给自己的文集命名为《樊川集》。

杜牧十岁那年，祖父去世，不久，父亲也病逝，从此，杜氏家道开始衰落。从杜牧《上宰相求湖州第二启》中可以看出其十来岁时的生活情况。

某幼孤贫，安仁旧第，置于开元末，某有屋三十间而已。去元和末，酬偿息钱，为他人有，因此移去。八年中，凡十徙其居，奴婢寒饿，衰老者死，少壮者当面逃去，不能呵制。有一竖，恋恋悯叹，挈百卷书随而养之。奔走困苦，无所容庇，归死延福私庙，支拄欹坏而处之。长兄以驴游丐于亲旧，某与弟颢食野蒿藿，寒无夜烛，默所记者凡三周岁，遭遇知己，各及第得官。

从这段文字可以看出，杜牧家里的三十多间房为了还债已为他人所有，家中奴婢也是或死或逃，兄弟二人"奔走困苦，无所容庇"，有时甚至"食野蒿藿，寒无夜烛"。虽然家中清贫，但"挈百卷书随而养之"，杜牧自幼好读书，也许是受家庭影响，十几岁的时候，就开始关心军事和政治。

初入仕途

杜牧博通经史，年轻时就很有抱负，尤其关注军事和政治。杜牧在中进士前便写了著名的《阿房宫赋》和《感怀诗》。《阿房宫赋》是借秦朝修阿房宫来讽刺唐敬宗，《感怀诗》则表达了他对藩镇问题的看法。这些文章为杜牧赢得了一定的名气。

唐文宗大和二年（828），杜牧二十六岁时，进士及第。杜牧中进士，与他的《阿房宫赋》有一定的关系。唐朝进士考试时，可提前公开推荐。当时主持科举考试的是侍郎崔郾，而太学博士吴武陵直接找到崔郾力荐杜牧，并当场诵读杜牧的《阿房宫赋》，对崔郾说一定要让杜牧中状元。不过崔郾说状元已经有人选了，最后答应让杜牧得第五名。后来杜牧果然在考试中得了第五名。

杜牧当时在东都洛阳考试，考中后要到长安吏部去应关试，杜牧在回长安途中写下了《及第后寄长安故人》。

东都放榜未花开，三十三人走马回。

秦地少年多酿酒，却将春色入关来。

杜牧在诗中表达了考中进士后的喜悦心情。

杜牧回到长安后，又赶上了由皇帝亲自主持的制举考试，这种考试不是经常举行，是为选拔非常之才而举行的。杜牧考中了贤良方正直言极谏科，被授予弘文馆校书郎、试左武卫兵曹参军。这一年杜牧不但进士及第，而且制举登科，可谓双喜临门，正如他在《赠终南兰若僧》中说：

家在城南杜曲旁，两枝仙桂一时芳。

禅师都未知名姓，始觉空门意味长。

这首诗中的"两枝仙桂一时芳"便是指进士及第和制举登科。

不过杜牧在京为官只有半年，随后便跟沈传师到江西观察使府去做幕僚了。杜牧在洪州待了将近两年，又跟随沈传师到宣州，直到大和七年（833）沈传师升任吏部侍郎，杜牧才离开宣州。这时淮南节度使牛僧孺邀请杜牧并授予其推官一职，后又转为掌书记，主要负责处理节度使府的公文往来。杜牧虽有政治抱负，但在工作之余，常常与同僚出游宴饮，在《樊川文集》中也有提到："十年为幕府吏，每促束于簿书宴游间。"

大和九年（835），杜牧被朝廷任命为监察御史，由扬州到长安赴任。杜牧看到当时的朝政已是危机四伏，便主动请求分司东都，八月，到洛阳上任。也因此躲过了这年十一月发生的甘露之变。但甘露之变对杜牧影响很大，让其感到政治的险恶，心境也因此发生了重要转变，看淡了是非名利。杜牧在《题敬爱寺楼》中便表达了自己清闲的心境。

幕景千山雪，春寒百尺楼。
独登还独下，谁会我悠悠。

杜牧在洛阳时比较清闲，常常闲游，有一次竟遇到故人张好好。张好好原为江西观察使治所的官妓，因歌声出色，为沈传师欣赏。后来，沈传师将其带到宣州，被沈传师之弟沈述师纳为妾。如今却被抛弃，在市井当垆卖酒。杜牧不禁"感旧伤怀"，写了著名的五言古诗《张好好诗》，表达了对地位低下的女子的同情。

开成二年（837），杜牧入宣歙观察使崔郸的幕下，被召为殿中侍御史内供奉、宣州观察判官。

开成三年（838）冬，杜牧迁左补阙、史馆修撰，但已到年底，便准备第二年春天离开宣州，到长安就任新职。

开成四年（839）春，杜牧离开宣州，直到春末夏初，才到达长安。自大和二年到江西幕府，中间辗转到过宣州、扬州，也曾入京为监察御史，但仅仅几个月的时间便分司东都，后来又到扬州，再次来到宣州，前后共十一年的时间。一路上，杜牧回忆着十年来漂泊在外的种种，虽然一直有官做，但都是清闲的职务，空有一身政治才华，却不得施展。在回京路上，一首《自宣城赴官上京》表达了杜牧的无奈与惆怅。

潇洒江湖十过秋，酒杯无日不迟留。
谢公城畔溪惊梦，苏小门前柳拂头。
千里云山何处好，几人襟韵一生休。
尘冠挂却知闲事，终把蹉跎访旧游。

杜牧回到长安任左补阙之职，开成五年（840），杜牧升任膳部员外郎。会昌元年（841），杜牧调任比部员外郎。

贬谪外放

会昌二年（842）春，杜牧由比部员外郎外放为黄州刺史。杜牧为何由京官贬谪到偏远的黄州，史书无明确记载。当时宰相为李德裕，李、杜两家为世交，且李德裕对杜牧的弟弟格外关照和器重。李德裕对杜牧的排挤也是杜牧的猜测，杜牧曾在扬州牛僧孺的淮南节度使府做过掌书记，与牛僧孺私交甚好，可能会被李德裕认为是牛党。杜牧在《祭周相公文》中认为："会昌之政，柄者为谁？忿忍阴污，多逐良善。"李德裕在抵抗回鹘时也曾采用杜牧所献用兵之计，却不将杜牧召回京师，可见两人之间还是有一定嫌隙的。

黄州在唐朝也称齐安郡，是一个偏僻贫穷的小州，是一个流放"逐臣"的地方，北宋张耒在《齐安秋日》中也认为黄州是一个"齐安荒僻地，平昔放逐臣"的地方。杜牧在黄州待了两年多，也正是这段经历，杜牧作为地方官亲自处理民事，体会到了民间疾苦，他在《题村舍》中是这样描写农民生活的艰辛的。

> 三树稚桑春未到，扶床乳女午啼饥。
> 潜销暗铄归何处，万指侯家自不知。

小孩子饿得啼哭，即使忍饥挨饿长大了，也依然没有出路，只能做王侯家的奴婢。

杜牧为官清廉，在黄州的住所是"使君家似野人居"。虽然杜牧也想为穷苦的百姓做点事情，但晚唐时期的政治已是腐败不堪，人民所承担的赋税徭役太过沉重，杜牧对民生的改善收效甚微。杜牧在黄州的这段时间心情是郁闷的，一方面想要有所作为却无能为力，空有抱负无法实施；另一方面，贬谪外放，怀念家乡和朋友。

会昌四年（844）九月，杜牧由黄州调到池州任刺史。虽然身在僻野，仍心系朝廷，杜牧在池州时，也不曾忘却关心边防之事。吐蕃统治者占领河西、陇右之地，奴役当地百姓，朝廷也有意收复，但未能实现，为此，杜牧深感惋惜，并作《河湟》以寄托心中的期望。

> 元载相公曾借箸，宪宗皇帝亦留神。
> 旋见衣冠就东市，忽遗弓剑不西巡。
> 牧羊驱马皆戎服，白发丹心尽汉臣。
> 唯有凉州歌舞曲，流传天下乐闲人。

会昌五年（845），唐武宗下诏禁毁佛教，因寺院不但拥有大量土地还不用纳税，而且僧人不事生产还需要农民供养，禁毁佛教不但可以收回寺庙的大量土地，还可以让僧人还俗，增加赋税收入。杜牧认为这样做客观上可以减轻农民供养僧人的负担，因此，非常赞成这一措施。杜牧在《杭州新造南亭子记》中便详细地记载了禁毁佛教之事，并一针见血地指出剥削者认为信奉佛教可以"有罪罪灭，无福福至"的心理。

有罪罪灭，无福福至，生人唯罪、福耳，虽田妇、稚子，知所趋避。今权归于佛，买福卖罪，如持左契，交手相付。

会昌六年（846）九月，杜牧接到睦州刺史的任命，在睦州刺史任上约两年的时间，直到宣宗大中二年（848），在宰相周墀的帮助下他才调回长安，任司勋员外郎、史馆修撰，后转为吏部员外郎。

人生迟暮

杜牧回到京师，虽官属吏部尚书，但俸禄并不高（自代宗以来，京官没有外官的俸钱多），且杜牧的家庭负担较重——堂兄罢官闲居、弟弟患眼疾、妹李氏寡居。杜牧虽为宰相之孙，但做官之前家里已经很贫困了，且长期在外做官，在京师并没有置办什么家产。为了养家，大中三年（849）杜牧不得不申请外调为杭州刺史，但没有被批准。

大中四年（850），杜牧升为吏部员外郎。但仍未放弃出京的打算，后来了解到湖州刺史出现空缺，就连上三启，恳请出守湖州，才得到批准。当然也有人认为杜牧自请外放并不是单纯因为经济问题，而是因为对朝政不满，认为在朝中无法施展自己的抱负。也许在去湖州上任时所作的一首七言绝句《将赴吴兴登乐游原一绝》隐晦地表达了他对政治的不满。

  清时有味是无能，闲爱孤云静爱僧。
  欲把一麾江海去，乐游原上望昭陵。

诗中"望昭陵"望的是唐太宗的陵墓，言外之意是对唐太宗的怀念，是对现在的不满。

大中四年（850）秋，杜牧到湖州，一年后升为考功郎中、知制诰。湖州富庶且风景优美，杜牧在湖州游览凭吊，创作了不少诗，如《和严恽秀才落花》。

  共惜流年留不得，且环流水醉流杯。
  无情红艳年年盛，不恨凋零却恨开。

大中五年（851）秋末冬初，杜牧回到长安，第二年升至中书舍人。回京后，杜牧将在湖州做刺史的积蓄拿出来修整了长安城南的樊川别墅，闲暇时邀请友人来此聚会。

大中六年（852）冬，杜牧病重，为自己做了一篇墓志铭，记述了自己平生的经历。不久后去世，终年五十岁。

创作：众体皆备，豪迈不失清丽

杜牧作为晚唐诗坛上的一颗璀璨明珠，在诗、文方面均有盛名。杜牧为文主张"凡为文以意为主，以气为辅，以辞采、章句为之兵卫"，作诗"本求高绝，不务奇丽，不涉习俗，不今不古，处于中间"。杜牧的诗题材广泛，各体皆备，在吸收前人长处的基础上形成了自己的特色，正如胡可先所论："所谓'不今不古'，就是要追求自己的诗歌风格特点，既不同于中唐后期以元白为首的追求华美通俗的诗风；也不同于以韩孟为首的追求古奥奇崛的诗风。"杜牧追求并形成的自己的特点便是豪迈中又不失清丽。

题材广泛

杜牧的诗歌创作，取材广泛，有关注社会矛盾的政治诗，有借古讽今的咏史诗，有抒发情怀的酬赠诗，有游山玩水的田园诗，等等。

杜牧的政治诗虽然数量不是很多，但却写得慷慨激昂。晚唐藩镇割据，边患严重，杜牧虽有报国之志，却得不到重用，在《闻庆州赵纵使君与党项战中箭身死，辄书长句》中借助赵纵驰骋沙场中箭身亡的事迹表达了对英雄的敬仰。

将军独乘铁骢马，榆溪战中金仆姑。
死绥却是古来有，骁将自惊今日无。
青史文章争点笔，朱门歌舞笑捐躯。
谁知我亦轻生者，不得君王丈二殳。

杜牧在诗的最后直抒胸怀——得不到君王的任用，隐隐表达了心中的郁闷。

晚唐政治的腐败也带来豪门贵族生活的腐化，杜牧在《长安杂题长句六首》中便揭露了统治阶层骄奢淫逸的生活，并表达了对这种生活的不满，抒发了自己甘愿穷居陋巷也不同流合污的志向。如《长安杂题长句六首》之三。

雨晴九陌铺江练，岚嫩千峰叠海涛。
南苑草芳眠锦雉，夹城云暖下霓旄。
少年羁络青纹玉，游女花簪紫蒂桃。
江碧柳深人尽醉，一瓢颜巷日孤高。

杜牧的咏史诗不是单纯的咏史，而是与现实紧密结合，借历史发表议论，将自己独到的见解融于诗中，以达到借古喻今的目的。如在《过华清宫三首》中借唐明皇荒淫导致安史之乱之事来讽谏当朝统治者，无奈统治者是"但愿长醉不愿醒"，杜牧只能更加愤懑。

长安回望绣成堆，山顶千门次第开。
一骑红尘妃子笑，无人知是荔枝来。

新丰绿树起黄埃，数骑渔阳探使回。
霓裳一曲千峰上，舞破中原始下来。

万国笙歌醉太平，倚天楼殿月分明。
云中乱拍禄山舞，风过重峦下笑声。

怀古咏史是杜牧诗歌的重要题材，唐朝之前大部分的昏庸统治者都被杜牧拿来作为反面教材，如楚怀王、秦始皇、陈后主、隋炀帝等。如在《过骊山作》中，讽刺秦始皇焚书以愚百姓，征万夫以修陵墓的愚蠢和残暴。

始皇东游出周鼎，刘项纵观皆引颈。
削平天下实辛勤，却为道旁穷百姓。
黔首不愚尔益愚，千里函关囚独夫。
牧童火入九泉底，烧作灰时犹未枯。

在《隋宫春》中，揭露了隋炀帝国破家亡的原因就是"为颜色"。

龙舟东下事成空，蔓草萋萋满故宫。
亡国亡家为颜色，露桃犹自恨春风。

在《题武关》中嘲讽了楚怀王的昏庸、郑袖的祸国，表达了对屈原被放逐的同情，希望统治者能从中得到借鉴，以免再蹈历史的覆辙。

> 碧溪留我武关东，一笑怀王迹自穷。
> 郑袖娇娆酣似醉，屈原憔悴去如蓬。
> 山墙谷堑依然在，弱吐强吞尽已空。
> 今日圣神家四海，戍旗长卷夕阳中。

在《台城曲二首》中借陈后主成为亡国奴的丑态惊醒当朝。

> 整整复斜斜，随旗簇晚沙。
> 门外韩擒虎，楼头张丽华。
> 谁怜容足地，却羡井中蛙。
>
> 王颁兵势急，鼓下坐蛮奴。
> 潋滟倪塘水，叉牙出骨须。
> 干芦一炬火，回首是平芜。

杜牧抒发情怀的诗歌也占有较大比重，李商隐在《杜司勋》中"刻意伤春复伤别，人间惟有杜司勋"称赞了杜牧述怀诗的高绝。杜牧在这些诗歌中或表达对朋友的怀念，或抒发对时光易逝的感叹，或寄托怀才不遇的伤感，或表现无力唤醒国人的无奈。

在《题安州浮云寺楼寄湖州张郎中》中，通过去年夏天二人"同倚朱栏语"，表达了对友人的思念，抒发了自己的愁绪和伤感。

去夏疏雨余，同倚朱栏语。

当时楼下水，今日到何处？

恨如春草多，事与孤鸿去。

楚岸柳何穷，别愁纷若絮。

在《宣州开元寺南楼》中表达了时光易逝，自己却虚度光阴的感叹。

小楼才受一床横，终日看山酒满倾。

可惜和风夜来雨，醉中虚度打窗声。

在《赠别》中，借苏秦被六国封相，身佩六国相印，功成名就，荣归故里，而抒发了自己已鬓发斑白却还没有建功立业的苦闷。

眼前迎送不曾休，相续轮蹄似水流。

门外若无南北路，人间应免别离愁。

苏秦六印归何日？潘岳双毛去值秋。

莫怪分襟衔泪语，十年耕钓忆沧洲。

在《泊秦淮》中，通过歌女不知亡国恨来谴责那些沉迷享乐的王孙公子，一个"犹"字恰当地表达了诗人的无奈。

烟笼寒水月笼沙，夜泊秦淮近酒家。

商女不知亡国恨，隔江犹唱后庭花。

杜牧一生中大部分时间在外为官，游山玩水的机会也较多，因此，诗歌中也有不少描写山水和农村生活的山水田园诗。这些诗或清新明快，或意境深远，歌颂了自然之美。

如《山行》用鲜明的色彩对比，勾勒出一幅醉人的秋景图。

远上寒山石径斜，白云生处有人家。
停车坐爱枫林晚，霜叶红于二月花。

在《村行》中，杜牧生动地描绘了农村优美的风光和生活的乐趣，牧童的天真、少女的羞涩、农人的热情，多么富有诗情画意！

春半南阳西，柔桑过村坞。
娉娉垂柳风，点点回塘雨。
蓑唱牧牛儿，篱窥茜裙女。
半湿解征衫，主人馈鸡黍。

体裁多样

杜牧诗歌体裁多样，较为出名的是古体诗、律诗和绝句。其中律诗和绝句数量相当，但绝句最为人称道，古体诗受杜甫、韩愈影响较大，以议论见长。

杜牧的古体诗以五古见长，如《张好好诗》《杜秋娘诗》等，通过对二人身世以及成为封建社会牺牲品的述说，寄托、抒发自己的怀才不遇。杜牧的七言古诗往往也写得意境开阔，感情奔放，情致豪迈，如《大雨行》。

> 东垠黑风驾海水，海底卷上天中央。
> 三吴六月忽凄惨，晚后点滴来苍茫。
> 铮栈雷车轴辙壮，矫矍蛟龙爪尾长。
> 神鞭鬼驭载阴帝，来往喷洒何颠狂。
> 四面崩腾玉京仗，万里横牙羽林枪。
> 云缠风束乱敲磕，黄帝未胜蚩尤强。
> 百川气势苦豪俊，坤关密锁愁开张。
> 大和六年亦如此，我时壮气神洋洋。
> 东楼耸首看不足，恨无羽翼高飞翔。
> 尽召邑中豪健者，阔展朱盘开酒场。
> 奔觥槌鼓助声势，眼底不顾纤腰娘。
> 今年阃茸鬓已白，奇游壮观唯深藏。
> 景物不尽人自老，谁知前事堪悲伤。

杜牧的绝句成就较高，尤以七绝最为精彩。正如管世铭在《读雪山房唐诗序例》中所言："杜紫微天才横逸，有太白之风，而时出入于梦得。七言绝句一体，殆尤专长。"杜牧的七绝中有很多是我们耳熟能详的。

如《寄扬州韩绰判官》。

青山隐隐水迢迢，秋尽江南草未凋。

二十四桥明月夜，玉人何处教吹箫。

如《秋夕》。

红烛秋光冷画屏，轻罗小扇扑流萤。

天阶夜色凉如水，坐看牵牛织女星。

如《江南春绝句》。

千里莺啼绿映红，水村山郭酒旗风。

南朝四百八十寺，多少楼台烟雨中。

杜牧的律诗多不受声律束缚，不饰雕琢，风格清峭。明代杨慎在《升庵诗话》中对杜牧律诗评价较高："律诗至晚唐，李义山而下，惟杜牧之为最。宋人评其诗豪而艳、宕而丽，于律诗中特寓拗峭，以矫时弊，信然。"

如《九日齐山登高》中的旷达。

江涵秋影雁初飞，与客携壶上翠微。

尘世难逢开口笑，菊花须插满头归。

但将酩酊酬佳节，不用登临恨落晖。

古往今来只如此，牛山何必独沾衣。

如《洛阳长句二首》之一中超然的意境。

草色人心相与闲，是非名利有无间。
桥横落照虹堪画，树锁千门鸟自还。
芝盖不来云杳杳，仙舟何处水潺潺。
君王谦让泥金事，苍翠空高万岁山。

综上所述，杜牧的诗歌内容丰富，艺术成就较高，同时具有很强的思想性。

杜牧除了诗歌，在散文、赋、传、记等方面也有很高的造诣。他在文的创作上"以意为主，以气为辅"，强调要有真情实感。王西平、张田在《略论杜牧的文和赋》中全面总结了杜牧文和赋的特点：笔锋犀利，寓意深刻；旁征博引，条分缕析，说理充分；议论和抒情相结合，议论中带有浓郁的抒情色彩；善于形象地描写、叙述，鲜明生动，富于真切感。如《守论》一文不但切中时弊，而且文辞慷慨激昂，甚至后来宋祁修撰《新唐书》时，将其作为《藩镇魏博》的总论，全文引用。杜牧的赋以《阿房宫赋》最为出名，阿房宫规模越是宏大，越能说明秦始皇的荒淫腐败。

杜牧出身于豪门望族，但少年时期却过着贫苦的生活，虽心怀天下，却仕途平平；虽有才华，却报国无门。杜牧政治上抑郁不得志，诗文创作上成就非凡，成为晚唐诗坛上的杰出代表。

杜牧诗

兵部尚书[1]席上作

华堂今日绮筵[2]开,谁唤分司御史[3]来?
忽发狂言惊满座,两行红粉一时回。

◇注释

[1]兵部尚书:指李愿,当时赋闲在家。

[2]绮筵:华丽盛大的酒宴。

[3]分司御史:唐代在洛阳设东都留台,中央之官有分在陪都任职者,称为"分司"。这里是作者自指,杜牧曾以监察御史分司东都。

◇译文

今天在华丽的厅堂上举行盛大的筵席,是谁邀请我这个分司御史前来呢?我突然口出狂言,满座宾客皆惊,筵席两边的红粉佳人也一起回头望向我。

别 怀[1]

相别徒[2]成泣,经过总是空。

劳生[3]惯离别,夜梦苦西东。

去路三湘[4]浪,归程一片风。

他年寄消息,书在鲤鱼中[5]。

◇注释

[1] 别怀:离别的情怀。

[2] 徒:步行。

[3] 劳生:指劳苦的生活。

[4] 三湘:湖南的别称。

[5] 书在鲤鱼中:指汉代鲤鱼传书的故事。该典故出自汉乐府诗《饮马长城窟行》:"客从远方来,遗我双鲤鱼。呼儿烹鲤鱼,中有尺素书。长跪读素书,书中竟何如:上言加餐食,下言长相忆。"

◇译文

　　分别时一边走一边哭泣，离别的空虚涌上心头。生活辛苦劳累，离别已成为常事，梦中也是四处漂泊的艰辛。离开故土之路就像三湘的浪花一样汹涌坎坷，回家的消息像风一样迷茫。日后对家乡的思念，只能靠书信来传达了。

边上闻笳三首

其一

何处吹笳[1]薄暮天[2]？塞垣[3]高鸟没狼烟[4]。

游人一听头堪白，苏武[5]争禁十九年。

其二

海[6]路无尘边草新，荣枯不见绿杨春。

白沙日暮愁云起，独感离乡万里人[7]。

其三

胡雏[8]吹笛上高台，寒雁惊飞去不回。

尽日春风吹不散，只应分付客愁来。

◇注释

　　[1] 笳：古代西北地区少数民族的乐器，声音悲伤。汉代蔡文姬有著名的《胡笳十八拍》。

[2] 薄暮天：傍晚时候。

[3] 塞垣：边塞的城墙。

[4] 狼烟：古代边塞用作警报的烟雾，因燃烧狼粪，故称狼烟。

[5] 苏武：字子卿，受命出使匈奴，后被扣押，但坚决不投降。后持汉朝符节，以牧羊为生，十九年后才回到汉朝。

[6] 海：瀚海，指戈壁沙漠。

[7] 万里人：指作者。

[8] 雏：小孩。

◇译文

其一

已到了黄昏十分，什么地方吹着悲伤的胡笳？边塞的城墙没有狼烟，鸟儿在高高的空中飞翔。游子听了这悲伤的音乐头发也会变白，苏武怎能经受得了在此度过十九年。

其二

沙漠上已没有沙尘飞扬，边塞也长出了新草，枯树已不见，绿杨带来了春意。白茫茫的沙漠，日暮时分，愁思如天上的云一样聚集起来，感到自己是离乡万里的人。

其三

　　胡人的小孩登上高台吹起笛子，笛声惊飞了空中的寒雁，一去不回。春风尽日吹，吹不散无尽的愁绪，只会引起客居之人的思乡之愁。

泊秦淮

烟笼寒水月笼沙,夜泊秦淮近酒家。

商女不知亡国恨,隔江犹唱后庭花[1]。

◇注释

[1] 后庭花:唐教坊曲名。源于南朝陈后主。《旧唐书·乐志》:"前代兴亡,实由于乐。陈将亡也,为《玉树后庭花》……行路闻之,莫不悲泣,所谓亡国之音也。"

◇译文

月色和轻烟笼罩着寒冷的水面和白色的沙堤,夜晚船只停泊在秦淮河上靠近酒家的岸边。歌女不知何谓亡国之恨,隔着江水还在唱《玉树后庭花》。

汴河阻冻

千里长河初冻时,玉珂[1]瑶佩[2]响参差。

浮生恰似冰底水,日夜东流人不知。

◇注释

[1] 玉珂:用贝装饰的马勒。

[2] 瑶佩:妇女的装饰品。

◇译文

千里长河刚开始结冰时,冰水相击,如玉珂、瑶佩般叮咚作响。人生就像这冰底下的水流,不为人知却日夜奔流不息。

长安秋望

楼倚霜树外[1],镜天无一毫。

南山与秋色,气势两相高。

◇注释

[1] 外:上。

◇译文

高楼倚靠在秋后经霜的树枝上,天空如明镜一般纤尘不染。巍峨挺拔的南山与清爽高远的秋色,景象气派互争高下。

长安杂题长句六首（选一）

雨晴九陌铺江练[1]，岚嫩千峰叠海涛。

南苑[2]草芳眠锦雉，夹城云暖下霓旄。

少年羁络[3]青纹玉，游女花簪紫蒂桃。

江碧柳深人尽醉，一瓢[4]颜巷[5]日孤高。

◇注释

[1] 江练：江上的白练。谢朓《晚登三山还望京邑》："余霞散成绮，澄江静如练。"

[2] 南苑：指芙蓉苑。

[3] 羁络：马络头。

[4] 一瓢：《论语·雍也》："贤哉，回也！一箪食，一瓢饮，在陋巷，人不堪其忧，回也不改其乐。"

[5] 颜巷：指颜回居住的陋巷。

◇译文

　　雨后天晴，长安城平坦的大道如同铺在江上的白练，轻盈的雾气笼罩着山峰，如同海上的波涛。有锦鸡栖于芙蓉苑的芳草上，帝王出行在长安宫中的通道上，彩旗装饰的仪仗好像虹霓。少年骑的马配有青色花纹的玉饰马络头，游赏的女子簪子上插着紫色的蒂桃花。江水碧绿，柳荫正浓，游人沉醉于春色中，孤日高悬，我像颜回一样居住在陋巷，却不改变我的快乐。

村 行

春半[1]南阳西,柔桑过村坞[2]。

娉娉垂柳风,点点回塘[3]雨。

蓑唱牧牛儿,篱窥茜裙[4]女。

半湿解征衫[5],主人馈[6]鸡黍[7]。

◇注释

[1]春半:阴历二月。

[2]村坞:村落。

[3]回塘:曲折的池塘。

[4]茜裙:绛红色的裙子。茜,茜草,可制作染料。

[5]征衫:旅途中所穿的衣服。

[6]馈:招待。

[7]鸡黍:指丰盛的饭菜。孟浩然《过故人庄》:"故人具鸡黍,邀我至田家。"

◇译文

　　春天已经过去一半,我经过南阳县西,看到村里的桑树已长出嫩芽。春风和煦,柳枝娉娉袅袅随风轻摆,池塘里点点雨滴泛起涟漪。牧童穿着蓑衣唱着欢乐的歌儿,从篱笆的缝隙里看到穿着红裙的女子。我脱下半湿的衣衫,主人摆上丰盛的饭菜招待我。

村舍燕

汉宫一百四十五,多下珠帘闭琐窗。
何处营巢夏将半,茅檐烟里语双双。

◇译文

汉朝有一百四十五幢宫殿,但大多都是珠帘垂下,窗户紧锁。夏天即将过去一半,燕子在哪里筑巢呢?在村舍的茅檐下成双成对地呢喃细语呢。

初春雨中舟次和州横江裴使君[1]见迎李赵二秀才

芳草渡头微雨时,万株杨柳拂波垂。

蒲根水暖雁初浴,梅径香寒蜂未知。

辞客倚风吟暗淡[2],使君[3]回马湿旌旗。

江南仲蔚[4]多情调[5],怅望春阴几首诗。

◇注释

[1] 裴使君:裴俦,字次之,杜牧的姐夫,当时任和州刺史。

[2] 暗淡:指雨天天气灰暗。

[3] 使君:指裴俦。

[4] 仲蔚:指张仲蔚。皇甫谧《高士传·张仲蔚》:"张仲蔚者,平陵人也,与同郡魏景卿俱修道德,隐身不仕。明天官博物,善属文,好赋诗,常居穷素,所处蓬蒿没人,闭门养性,不治荣名,时人莫识,惟刘、龚知之。"

[5] 情调:情意。

◇译文

　　和州渡口，芳草初绿，细雨蒙蒙，万株杨柳枝条摇动，轻拂着水波。江水变暖，大雁开始沐浴，梅有余香，寒气尚在，蜜蜂还未飞来。即将分离，你们二人在风中惆怅地饮酒吟诗，酒宴散后，使君离去，细雨淋湿了旌旗。像江南张仲蔚这样的隐士也有伤春的情调，我只能写几首诗来记录春光易逝的惆怅。

初冬夜饮

淮阳多病[1]偶求欢[2]，客袖侵霜与烛盘。

砌下梨花一堆雪，明年谁此凭栏干？

◇注释

[1] 淮阳多病：指西汉汲黯。《汉书·汲黯传》：汲黯因屡谏而出为东海太守，"多病，卧阁内不出"。

[2] 求欢：指饮酒。

◇译文

我像汲黯一样身体衰弱经常卧病，偶尔饮酒解忧，客居他乡，衣袖上沾满清霜，唯有孤灯相伴。台阶下的积雪像洁白的梨花一样堆满地，明年又是谁在此凭栏而立？

赤 壁

折戟沉沙铁未销[1],自将磨洗认前朝。
东风不与周郎便,铜雀春深锁二乔[2]。

◇注释

[1] 铁未销:指赤壁之战遗留下来的残旧兵器还没有完全锈蚀。

[2] 二乔:指东汉末年乔家的两个女儿,皆貌美,一嫁孙策,一嫁周瑜。

◇译文

折断的铁戟沉没在水底的泥沙中还没有完全腐蚀,磨洗掉锈迹之后辨认出当年赤壁之战的遗物。如果没有东风给周瑜以方便,可能就是曹操取胜,二乔也会被锁在铜雀台。

春 怀

年光何太急[1]，倏忽又青春。

明月谁为主？江山暗换人。

莺花潜运[2]老，荣乐[3]渐成尘。

遥忆朱门[4]柳，别离应更频。

◇注释

[1] 太急：匆匆。

[2] 潜运：悄悄运转。

[3] 荣乐：荣华安乐。

[4] 朱门：古代王公贵族家的大门漆成红色，以示尊贵，也用来指富贵人家。这里的朱门代指家乡。

◇译文

　　时光为何消逝得这么快？倏忽间，青春便一去不复返。明月为谁做主？江山常易主。莺鸟啼叫，花开花落，世事变化，人也渐渐变老，荣华富贵如飞扬的尘土已不重要。遥想当年离开家乡时种在门前的柳树，离别的愁绪来得更加频繁。

春尽途中

田园不事来游宦,故国谁教尔别离?
独倚关亭还把酒,一年春尽送春时。

◇译文

不是隐居在田园却为仕途漂泊在外,谁让你离开家乡呢?独自倚靠在关亭把酒浇愁,又是一年春尽送春回。

春日古道傍作

万古荣华旦暮齐,楼台春尽草萋萋。
君看陌上何人墓,旋化红尘送马蹄。

◇译文
　　自古以来荣华富贵不过身外之物,从楼台望去,春天将尽,青草茂盛。
您看路旁不管是何人的陵墓,不久都会化为尘土随过往的马蹄而去。

愁

聚散竟无形,回肠[1]自结成。

古今留不得,离别又潜生。

降虏将军思[2],穷秋[3]远客情。

何人更憔悴,落第[4]泣秦京[5]?

◇注释

[1] 回肠:愁肠。

[2] 降虏将军思:该句用李陵出战匈奴被俘之事。李陵在居延北被包围,后因寡不敌众,投降匈奴,二十余年后死于异地。

[3] 穷秋:深秋。

[4] 落第:指科举考试未中。

[5] 秦京:指都城。

◇译文

愁聚愁散虽然无形,但却自然形成于内心。从古至今,没有人喜欢把愁留在身边,但离别时愁却悄悄滋生。被俘的将军思念故国心情痛苦,深秋时节,远在异地的游子愁情满怀。谁会如此憔悴?落第的有志之士在京城哭泣。

酬张祜[1]处士见寄长句四韵

七子[2]论诗谁似公，曹刘[3]须在指挥中。

荐衡[4]昔日知文举，乞火无人作蒯通[5]。

北极楼台长挂梦，西江波浪远吞空。

可怜故国三千里[6]，虚唱歌辞满六宫。

◇注释

[1] 张祜：字承吉，清河人。在长安时被元稹排挤，离开长安，隐居终老。据《云溪友议》记载：白居易为杭州刺史时，张祜和徐凝同应贡举而未能分出谁当首荐。白居易出题《长剑倚天外赋》《余霞散成绮诗》，让二人比赛。结果判徐凝为第一，张祜为第二。张祜以此为耻，于是"行歌而返"。

[2] 七子：指建安七子孔融、陈琳、王粲、徐干、阮瑀、应场、刘桢。

[3] 曹刘：指曹植与刘桢。

[4] 荐衡：举荐祢衡。

[5] 乞火无人作蒯通：用汉代蒯通典故。蒯通任曹参门客时，曾举荐两位隐士，使曹参重用他们。乞火便被用于向人说情、推荐的典故。

[6]故国三千里：张祜《宫词》："故国三千里，深宫二十年。一声何满子，双泪落君前。"

◇译文

建安七子作诗谁能比得上您？曹植、刘桢也应该在您的指挥之中。当日举荐祢衡的是孔文举，没有人再像蒯通那样举荐别人。朝廷的楼台常让您梦中牵挂，西江的波浪滔天，吞没远方的天空。可惜您那首"故国三千里"的诗句，白白地在后宫中传唱。

池州李使君[1]没后十一日处州新命始到后见归妓感而成诗

缙云[2]新命诏初行,才是孤魂寿器[3]成。

黄壤[4]不知新雨露,粉书空换旧铭旌。

巨卿[5]哭处云空断,阿鹜[6]归来月正明。

多少四年遗爱事,乡闾生子李为名。

◇注释

[1] 李使君:李方玄,字景业。

[2] 缙云:处州。

[3] 寿器:棺材。

[4] 黄壤:黄泉。

[5] 巨卿:范式,字巨卿。

[6] 阿鹜:三国荀攸的小妾。

◇译文

　　新任命缙云的诏书刚发出，正是孤魂棺材做成时。黄泉路上不知道皇上刚下的任命诏书，金粉诏书空换来的是破旧的招魂旗。像范式这样的忠诚之人为朋友痛苦使得云彩为之停滞，阿鹜这样的小妾送葬归来时月光正明。四年中留下了多少仁爱之事？池州乡间百姓生子以李为名。

重送绝句

绝艺[1]如君天下少，闲人似我世间无。

别后竹窗风雪夜，一灯明暗覆吴图。

◇注释

[1] 绝艺：指棋艺高超。

◇译文

像您这样棋艺精妙的人天下少有，像我这样的闲人世上也没有。分别后竹窗外风雪交加的夜晚，在一盏忽明忽暗的灯光下重新摆上与您对弈的棋局。

登乐游原

长空澹澹孤鸟没,万古销沉向此中。
看取汉家何似业[1],五陵无树起秋风。

◇注释

[1] 似业:一作"事业",指功业。

◇译文

　　天空广阔,鸟儿消失的无影无踪,古代的遗迹消失在这里。请看汉朝的功业是何等壮阔,如今五陵原上已没有树,只有秋风萧萧。

登九峰楼[1]寄张祜

百感[2]衷来不自由,角声孤起夕阳楼。

碧山终日思无尽,芳草[3]何年恨即休。

睫在眼前长不见,道非身外更何求?

谁人得似[4]张公子,千首诗轻[5]万户侯。

◇注释

[1] 九峰楼:一作九华楼。

[2] 百感:指内心各种复杂的情感。江淹《别赋》:"百感凄恻。"

[3] 芳草:指贤者。屈原《九章·思美人》:"吾谁与玩此芳草?"

[4] 得似:比得上。

[5] 轻:轻视。

◇译文

　　多少感慨一起涌上心头不能自已,角声孤单地从夕阳下的楼上响起。分别后面对着青山,终日思念无尽,看着这道路两旁的芳草,离别之恨哪一年才能停止呢?睫毛就在眼前却总是看不见,有道在身又何必向别处追求呢?谁能够比得上你张公子的才华,以千首诗篇轻视万户侯。

读韩杜集

杜诗韩集[1]愁来读,似倩[2]麻姑痒处搔[3]。
天外凤凰谁得髓[4]?无人解合续弦胶[5]。

◇注释

[1]杜诗韩集:一作"杜诗韩笔",六朝时称散文为笔,诗中指的是杜甫的诗和韩愈的文。

[2]倩:请人代作。

[3]麻姑痒处搔:该典出自《神仙传》:"麻姑手爪不似人形,皆似鸟爪。蔡经心言:'背大痒时,得此爪以爬背,当佳也。'"该典故原意为蔡经心想以麻姑爪抓挠背上痒处,诗人则将该典用作搔心头痒处。

[4]髓:精髓,骨髓。

[5]续弦胶:该典故出自《十洲记》:"凤麟洲在西海之中,洲四面弱水绕之,鸿毛不浮,不可越也。洲上多凤麟数万,各各为群……亦多仙家,煮凤喙及麟角合煎作胶,名之为续弦胶,此胶能续弓弩已断之弦。"

◇译文

　　愁时诵读杜甫的诗和韩愈的文,痛快酣畅如同麻姑在搔痒处。天边的凤凰,谁能得到其精髓?世上无人懂得如何制作续弦胶。

代人寄远六言[1]二首

其一

河桥酒旆[2]风软,候馆[3]梅花雪娇。

宛陵楼上瞪目,我郎何处情饶。

其二

绣领任垂蓬髻,丁香闲结[4]春梢。

剩肯新年归否,江南绿草迢迢。

◇注释

[1] 六言:诗体名,每句六字,有古体、今体之分。

[2] 酒旆:酒旗。

[3] 候馆:接待宾客的馆舍。

[4] 闲结:指丁香结松散。

◇译文

其一

河桥上的酒旗在轻风中飘扬,候馆旁的梅花像雪一样娇媚。登上宛陵高楼极目远眺,我的郎君在哪里留情?

其二

任凭蓬松的发髻垂落在绣花的领子上,丁香结松散地长在春天的树梢上。又是一年将要来到,你是否愿意回来?江南已是绿草遍地。

奉陵宫人

相如死后无词客,延寿[1]亡来绝画工。

玉颜[2]不是黄金少,泪滴秋山入寿宫[3]。

◇注释

[1] 延寿:毛延寿。

[2] 玉颜:指宫女。

[3] 寿宫:指皇帝的陵墓。

◇译文

司马相如死了之后就再也没有文人能为冷宫的女子写下《长门赋》了,毛延寿死了之后就再也没有画工能画出美人图了。宫女不是因为黄金太少,泪洒秋山被迫进入皇帝的陵墓的。

过华清宫(选二)

其一

长安回望绣成堆,山顶千门次第开。

一骑红尘[1]妃子[2]笑,无人知是荔枝来。

其二

新丰绿树起黄埃,数骑渔阳探使回。

霓裳[3]一曲千峰上,舞破中原[4]始下来。

◇注释

[1]红尘:指飞扬的尘土。

[2]妃子:指杨贵妃。

[3]霓裳:指《霓裳羽衣曲》。由唐玄宗根据西凉节度使杨敬述进献的印度《婆罗门》舞曲亲自改编而成。白居易《琵琶行》:"轻拢慢捻抹复挑,始为《霓裳》后《六幺》。"

[4]舞破中原:指唐玄宗沉迷享乐而误国,导致安史之乱。

◇译文

其一

在长安回头远望,骊山景色秀美如锦绣成堆,山顶华清宫千门依次打开。一骑飞驰而过,尘土飞扬,贵妃欢笑,无人知道是因为送来了荔枝。

其二

绿树环绕的新丰之地可见黄土飞扬,那是前往渔阳刺探军情的使者回来了。唐玄宗和杨贵妃沉迷享乐,直到《霓裳羽衣曲》的旋律被安史之乱打破,叛军攻破中原,才从骊山上逃了下来。

过勤政楼[1]

千秋佳节[2]名空在,承露丝囊[3]世已无。
唯有紫苔[4]偏称意,年年因雨上金铺[5]。

◇注释

[1]勤政楼:唐玄宗开元前期(713—741)所建,全名为"勤政务本之楼",是唐玄宗处理政务、国家举行重大典礼的地方。

[2]千秋佳节:开元十七年(729)八月五日,唐玄宗为庆祝自己的生日,在勤政楼批准宰相奏请,钦定这一天为千秋节,并布告天下。

[3]承露丝囊:每年千秋节时,唐玄宗在勤政楼举行盛典,大宴群臣,"群臣以是日献甘露醇酎,上万岁寿酒,王公戚里进金镜绶带,士庶以结丝承露囊更相遗问"。

[4]紫苔:苔藓的一种。

[5]金铺:宫门上的一种装饰物,常做成兽头或龙头的形状,用来衔门环,以铜或镀金做成,称为金铺。

◇译文

　　当年勤政楼上的千秋佳节,如今只徒留空名,祝寿用的承露丝囊也不复存在。只有紫苔称心如意地生长着,年年受雨水滋润,竟长到了宫门的金铺上。

闺 情

娟娟[1]却月眉[2]，新鬟学鸦飞。

暗砌匀檀粉[3]，晴窗[4]画夹衣。

袖红垂寂寞，眉黛敛依稀。

还向长陵[5]去，今宵归不归？

◇注释

[1] 娟娟：美好貌。

[2] 却月眉：唐代妇女眉型之一，又称月棱眉，形如上弦月，眉尖与眉梢尖细，眉腰广而浓。

[3] 檀粉：浅红色的粉。

[4] 晴窗：明亮的窗户。

[5] 长陵：汉高祖刘邦的陵墓。刘向《九叹·惜贤》："登长陵而四望兮，览芷圃之蠡蠡。"

◇译文

　　新画的却月眉虽然美好却无人欣赏，新梳的发髻无人看只能默默再散开。悄悄将檀粉均匀地涂在脸上，在明亮的窗户前穿上明艳的衣服。衣服虽艳丽，眉黛亦如画，却掩不住淡淡的哀愁与寂寞。再次望向他出征的地方，（他）今夜能否回来？

故洛阳城有感

一片宫墙当道危,行人为汝去迟迟。
筸圭苑[1]里秋风后,平乐馆[2]前斜日时。
锢党[3]岂能留汉鼎,清谈空解识胡儿[4]。
千烧万战坤灵[5]死,惨惨终年鸟雀悲。

◇注释

[1] 筸圭苑:汉代宫苑名,东汉灵帝光和三年(180)建,有东筸圭苑和西筸圭苑,均在洛阳宣平门外。

[2] 平乐馆:汉高祖时始建,武帝时增修,在上林苑未央宫北。灵帝曾自称无上将军,在此讲武。

[3] 锢党:禁锢党人。

[4] 清谈空解识胡儿:该句用石勒与张九龄事,说明空谈于国事无补。

[5] 坤灵:地神。

◇译文

宫墙高耸在道旁,行人因此徘徊观望。箅圭苑里昔日的繁华已不再,秋风萧瑟,平乐馆前夕阳斜照,一片冷清。禁锢党人岂能留住汉朝的权力,清谈者的空谈于国事无补。洛阳历经战乱,神灵也难逃灾祸,鸟雀终年为其悲啼不已。

鹤

清音[1]迎晓月,愁思立寒蒲。

丹顶西施[2]颊,霜毛四皓[3]须。

碧云行止躁,白鹭性灵粗。

终日无群伴,溪边吊影[4]孤。

◇注释

[1]清音:清越的声音。

[2]西施:春秋时越国人,中国古代四大美女之一。

[3]四皓:又称商山四皓,是秦朝末年隐居在商山的东园公唐秉、夏黄公崔广、绮里季吴实、甪(lù)里先生周术。刘邦曾请他们出山为官,却被拒绝。后来刘邦打算废太子,吕后用张良之计,请来四皓辅佐太子,刘邦认为太子羽翼已丰,才打消改立太子之意。

[4]吊影:对影自怜。

◇译文

　　仙鹤迎着晓月发出清越的叫声，静立在寒蒲中，好像在深思发愁。它的丹顶像西施红润的双颊，它白色的羽毛像四皓的须发。它没有碧云的浮躁，也没有白鹭性灵的粗糙。它终日孤独，没有同类相伴，只能在溪水边寂寞地对影自怜。

汉 江

溶溶漾漾[1]白鸥飞,绿净春深好染衣。

南去北来人自老,夕阳长送钓船归。

◇注释

[1]溶溶漾漾:波光浮动貌。

◇译文

汉江水面,波光浮动,白鸥展翅飞翔,江水碧绿澄净,仿佛可以用来染衣。来来往往的人们都会慢慢变老,夕阳总是可以送钓鱼的船儿归去。

和严恽[1]秀才落花

共惜流年留不得,且环流水醉流杯。
无情红艳年年盛,不恨凋零却恨开。

◇注释

[1]严恽:字子重,吴兴(今浙江湖州)人。

◇译文

惋惜时光流逝也无法将其留住,不如环绕着溪流,曲水流觞,畅饮大醉。落花无情,年年还会盛开,不恨红艳凋零却恨花开无情。

河 湟

元载[1]相公曾借箸[2],宪宗皇帝亦留神。

旋见衣冠就东市[3],忽遗弓剑[4]不西巡。

牧羊驱马皆戎服,白发丹心尽汉臣。

唯有凉州歌舞曲,流传天下乐闲人。

◇注释

[1] 元载:字公辅,唐代宗时为相。

[2] 借箸:秦末楚汉战争时,郦食其劝说刘邦立六国后代,共同攻楚。刘邦正在吃饭,张良入见,认为计不可行,就对刘邦说:"臣请借前箸以筹之。"也就是借用刘邦的筷子,指画当时的形势。诗中指元载代唐代宗谋划收复河湟之事。

[3] 衣冠就东市:用西汉晁错事。《史记·袁盎晁错列传》:"上令晁错衣朝衣,斩东市。"

[4] 遗弓剑:指皇帝去世。

◇译文

　　元载为相时曾谋划过收复河湟，宪宗皇帝也关心留意此事。不久却见元载身穿朝服被斩于东市，皇上突然驾崩来不及西巡。河湟的百姓虽然穿着戎服放羊牧马，但他们即使满头白发，仍忠心不变，还是唐朝臣民。只有梁州的歌舞乐曲，流传天下，娱乐着富贵闲人。

寄扬州韩绰[1]判官

青山隐隐水迢迢,秋尽江南草未凋。
二十四桥明月夜,玉人何处教吹箫。

◇注释

[1] 韩绰:杜牧任淮南节度使掌书记时的同僚。

◇译文

远处苍翠的青山隐隐约约,东流的江水浩浩汤汤,已是深秋之际,江南的草木还没有完全凋零。月色如银,照在二十四桥上,如今你在何处教人吹箫呢?

金 谷 园[1]

繁华事散逐香尘[2]，流水[3]无情草自春。

日暮东风怨啼鸟，落花犹似堕楼人[4]。

◇注释

[1] 金谷园：西晋富豪石崇的别墅，故址在河南省洛阳市西北。唐朝时，金谷园已荒废。《晋书·石崇传》："崇有别馆在河阳之金谷，一名梓泽。送者倾都，帐饮于此焉。"

[2] 香尘：石崇为了让家中舞伎练习步法，以沉香屑铺于象牙床上，让她们在上面跳舞，不留下痕迹者赐以珍珠。

[3] 水：指流经金谷园的金水。

[4] 堕楼人：指石崇的爱妾绿珠，为石崇坠楼而死。《晋书·石崇传》："崇有妓曰绿珠，美而艳，善吹笛。孙秀使人求之。石崇不予，孙秀怒，遂矫诏收崇，崇正宴于楼上，介士到门。崇谓绿珠曰：'我今为尔得罪。'绿珠泣曰：'当效死于官前。'因自投于楼下而死。"

◇译文

　　昔日金谷园里的繁华已随沉香之屑烟消云散,流水无情,依旧流淌,春草自绿。傍晚时分,鸟儿在和煦的春风里哀怨地啼叫,落花纷纷,如同为石崇坠楼的美人绿珠。

九日齐山[1]登高

江涵秋影雁初飞,与客携壶上翠微[2]。
尘世难逢开口笑[3],菊花须插满头归[4]。
但将酩酊[5]酬佳节,不用登临恨落晖。
古往今来只如此,牛山[6]何必独沾衣。

◇注释

[1] 齐山:在今安徽省池州市贵池区东南。

[2] 翠微:指齐山上的翠微亭。

[3] 尘世难逢开口笑:《庄子》:"人上寿百岁,中寿八十,下寿六十,除病瘦、死丧、忧患,其中开口而笑者,一月之中,不过四五日而已矣。"

[4] 菊花须插满头归:暗用陶渊明典故。《艺文类聚》卷四引《续晋阳秋》:"陶潜尝九月九日无酒,宅边菊丛中,摘菊盈把,坐其侧久,望见白衣至,乃王弘送酒也。即便就酌,醉而后归。"

[5] 酩酊:大醉。

[6] 牛山:在今山东省临淄市。

◇译文

　　长江浩浩汤汤倒映着秋天的景象，一群大雁正在飞往南方，与朋友相约携酒壶登上齐山的翠微亭。尘世烦扰，平生难得开口一笑，重阳节要把菊花插满头而归。只管举杯痛饮，用酩酊大醉来酬答这重阳佳节，不必在登临时为落日余晖而感叹。古往今来皆如此，何必像齐景公那样游牛山而落泪。

江南春绝句

千里莺啼绿映红，水村山郭酒旗风。

南朝[1]四百八十寺，多少楼台[2]烟雨中。

◇注释

[1] 南朝：东晋后在建康（今江苏南京）建都的宋、齐、梁、陈四朝。

[2] 楼台：指寺庙。

◇译文

江南到处是黄莺的啼鸣，绿叶映衬着红花，村庄临水而立，城郭依山而建，酒旗在风中轻轻招展。南朝佛寺众多，有多少寺庙笼罩在蒙蒙烟雨中。

江上逢友人

故国归人[1]酒一杯,暂停兰棹共徘徊。

村连三峡暮云起,潮送九江寒雨来。

已作相如[2]投赋[3]计,还凭殷浩[4]寄书回。

到时若见东篱菊[5],为问经霜几度开。

◇注释

[1] 归人:归家之人。

[2] 相如:司马相如,西汉著名的辞赋家,代表作有《上林赋》《子虚赋》。

[3] 投赋:献赋,指司马相如因献《子虚赋》《上林赋》而得到汉武帝的赏识。

[4] 殷浩:东晋大臣,字渊源。

[5] 东篱菊:指陶渊明。

◇译文

　　在江上与回归家乡的友人相遇,我们停下船,把酒畅谈,一起在江边漫步。直到暮云升起,笼罩了村庄和三峡,潮水上涨,给江面上带来寒雨一样的水雾。我已如司马相如般献赋谋取仕途,还请您帮我带一封家书回去吧。回到家乡如果看到菊花盛开,就请替我问问菊花开了几回了。

将赴吴兴登乐游原[1]一绝

清时有味是无能，闲爱孤云静爱僧。

欲把一麾江海去，乐游原上望昭陵[2]。

◇注释

[1] 乐游原：在长安城南，地势高，为当时游览之地。

[2] 昭陵：唐太宗的陵墓。

◇译文

　　天下太平，我这般没有才能的人过得有兴味，闲暇时喜欢像孤云一样逍遥自在，安静时喜欢僧人般平静的生活。我就要持节离开，远赴江海，临行前，到乐游原上眺望圣贤君主太宗的陵墓。

将出关[1]宿层峰驿[2]却寄李谏义

孤驿在重阻,云根[3]掩柴扉。

数声暮禽切[4],万壑秋意归。

心驰碧泉涧,目断青琐闱[5]。

明日武关外,梦魂劳远飞。

◇ **注释**

[1] 关:指武关。

[2] 层峰驿:在今陕西省商南县,在武关东南。

[3] 云根:深山云起之处。

[4] 切:急切。

[5] 青琐闱:装饰有青色连环花纹的门窗。闱,古代宫室两侧的小门。

◇译文

　　孤零零的一处驿站被重重山峦阻隔，深山之中云雾掩绕着柴门。日暮时分，急切归巢的鸟儿发出数声鸣叫，山中秋意已经到来。心在萧瑟的碧泉涧驰骋徘徊，已看不见京城中的皇宫。明天就要到达武关外了，京城遥远，就算梦中回到家乡也辛苦万分。

将赴湖州留题亭菊

陶菊手自种,楚兰[1]心有期。

遥知渡江日,正是撷芳[2]时。

◇注释

[1] 楚兰:兰草。

[2] 撷芳:采花。

◇译文

菊花是自己亲手栽种的,兰花的心中有所期盼。早早知道渡江之日,正是采摘菊花的时候。

经古行宫

台阁参差倚太阳,年年花发[1]满山香。

重门勘锁青春[2]晚,深殿垂帘白日长。

草色芊绵[3]侵御路,泉声呜咽[4]绕宫墙。

先皇一去无回驾[5],红粉云环空断肠。

◇注释

[1] 发:开。

[2] 青春:指时光,年龄。

[3] 芊绵:形容草木茂盛。

[4] 呜咽:这里指泉水声音小。

[5] 一去无回驾:指国家的强盛不复存在。

◇译文

　　台阁已残破,参差不齐,倚在斜阳中;山花年年开放,满山香气。行宫殿宇林立,重门紧锁,时光流逝,青春不再;高殿垂帘,白昼漫长。草木茂盛长满当年的御道,泉声呜咽环绕着宫墙。国家的强盛一去不复返,只有红粉佳人无限悲伤。

及第后寄长安故人

东都[1]放榜未花开,三十三人走马回。

秦地少年多酿酒,却将春色入关来。

◇注释

[1] 东都:指洛阳。

◇译文

洛阳放榜的时候,花儿还未开放;榜上有名的三十三位及第者骑马回长安。长安的少年故友们多多准备好美酒吧,我们很快就要将春天带到关内来。

柳 长 句

日落水流西复东,春光不尽[1]柳何穷。

巫娥[2]庙里低含雨,宋玉[3]宅前斜带风。

莫将[4]榆荚共争翠,深感杏花[5]相映红。

灞上汉南千万树,几人游宦别离中。

◇注释

[1]尽:穷尽。

[2]巫娥:指巫山神女。

[3]宋玉:又名子渊,屈原的学生,一生仕途坎坷,不得志。

[4]莫将:一作"不嫌"。

[5]深感杏花:一作"深与桃花"。

◇译文

　　落日西斜，流水东去；春光无穷尽，绿柳成荫。巫娥庙的柳枝因被雨水打湿而低垂，宋玉宅前的柳条因被风吹拂而斜飘。柳条不要与榆荚一起争夺翠色，只会映衬得杏花特别红。灞上汉南送别之处有成千上万的柳树，有多少人因为宦游而在此伤心离别。

洛阳长句二首（选一）

草色人心相与[1]闲，是非名利有无间。

桥横落照虹堪画，树锁千门鸟自还。

芝盖[2]不来云杳杳，仙舟[3]何处水潺潺。

君王谦让泥金事[4]，苍翠空高万岁山[5]。

◇注释

[1] 相与：一起，共同。

[2] 芝盖：车盖。因形如灵芝，故称。这里用仙人王子乔的故事，据《列仙传》记载，王子乔为周灵王太子，好吹笙，作凤鸣，后在嵩山修炼，乘白鹤而去。

[3] 仙舟：用李膺、郭泰之事。东汉末年，李膺为河南尹，郭泰为太学生领袖，二人相友善，名满洛阳。后郭泰还乡，李膺送行，二人同舟，众人远望，以为神仙。

[4] 泥金事：指君王封禅之事。

[5] 万岁山：指嵩山。

◇译文

心情与自由生长的草一样悠闲自得，是非名利都无所牵挂。桥横水面如天上的彩虹映照落日可以入画，树林掩映千门，鸟儿自在地飞回。仙驾一去不返，杳无音信，流水潺潺，仙舟不知在何处？君王不再举行封禅之事，空留苍翠的万岁山徒然等待。

洛 阳

文征武战[1]就神功,时似开元天宝[2]中。
已建玄戈收相土[3],应回翠帽过离宫。
侯门草满宜寒兔,洛浦沙深见塞鸿。
疑有女娥西望[4]处,上阳[5]烟树正秋风。

◇注释

[1] 文征武战:指洛阳以文经邦,以武守国。

[2] 开元天宝:皆为唐玄宗年号。

[3] 相土:契孙,商朝之祖先。

[4] 女娥西望:曹操建造铜雀台,临终吩咐诸妾:"汝等时时登铜雀台,望吾西陵墓田。"

[5] 上阳:唐代宫名。

◇**译文**

洛阳以文经邦，以武守国，才成就这神奇的功绩，时似开元、天宝之世。已建成太平盛世，诸侯归顺，翠帽回车，巡幸洛阳。侯门衰落，荒草漫漫，寒兔出没；洛水之滨，鸿雁落在沙岸远处。疑是当时女娥西望陵寝之处，上阳宫中，秋风萧瑟，树丛被云烟缭绕。

兰 溪

兰溪春尽碧泱泱[1]，映水兰花雨发香。

楚国大夫[2]憔悴日，应寻此路去潇湘。

◇注释

[1] 泱泱：指水面宽广。

[2] 楚国大夫：指屈原。

◇译文

暮春时节，兰溪之水碧绿浩荡；兰花倒映在水中，连雨水都散发出香气。屈原憔悴离开的当日，应该是沿着这条路去到潇湘的。

旅　宿

旅馆无良伴[1]，凝情自悄然[2]。

寒灯思旧事，断雁[3]警愁眠。

远梦归侵晓[4]，家书到隔年。

沧江好烟月[5]，门系钓鱼船。

◇注释

[1] 良伴：好朋友。

[2] 悄然：忧愁的样子。

[3] 断雁：离群之雁。

[4] 侵晓：天亮。

[5] 好烟月：指春天的美好景色。

◇译文

　　住在旅馆里没有好朋友相伴,独自凝神,心中忧愁。在一盏昏暗的灯光下回忆起往日旧事,离群之雁的哀鸣声让人难以入眠。离家遥远,梦魂要到拂晓时才能到家,家书要到隔年才能送达。沧江上的风光美好,门口还系着钓鱼船。

旅怀作

促促[1]因吟昼短诗，朝惊秾[2]色暮空枝。

无情春色不长久，有限年光多盛衰[3]。

往事只应随梦里，劳生何处是闲时。

眼前扰扰[4]日一日，暗送[5]白头人不知。

◇注释

[1]促促：短促，匆忙。

[2]秾：丰满，茂盛。

[3]盛衰：指坎坷。

[4]扰扰：纷乱。

[5]暗送：指时光易逝。

◇译文

　　有感而发，即兴创作了一首短诗；树枝早上还很茂盛，到了晚上却成了空枝。春色无情，不能长久，有限的时光里却总是充满坎坷。往事只能在梦中出现，辛劳的生活何时才能结束。眼前纷纷扰扰的日子日复一日，不知不觉中，已白了头。

梅

轻盈照溪水,掩敛[1]下瑶台[2]。

妒雪聊相比,欺[3]春不逐来。

偶同佳客见,似为冻醪[4]开。

若在秦楼[5]畔,堪为弄玉媒。

◇注释

[1] 掩敛:用衣袖遮面,矜持而有礼貌。

[2] 瑶台:仙境。

[3] 欺:超过。

[4] 冻醪:冬天酿造的酒。

[5] 秦楼:秦穆公为其女弄玉所建之楼。据《列仙传》所载:秦穆公之女弄玉好乐,萧史善吹箫,秦穆公将弄玉嫁给萧史,并为他们建造凤楼。二人吹箫引来凤凰,止其屋,后来二人乘凤飞升。

◇译文

　　梅花轻盈的姿态映照在溪水中,好像仙女遮面矜持有礼地从瑶台上走下来。梅花嫉妒雪的洁白,姑且可以相媲美,对于春光,却是敢于超越而不是追随其后。偶然遇到佳客,便会为其盛开,如同让佳客品尝香醇的美酒。如果梅花长在秦楼旁,甚至能成为弄玉与萧史的媒人。

睦州四韵

州在钓台[1]边,溪山实可怜。

有家皆掩映,无处不潺湲[2]。

好树鸣幽鸟[3],晴楼入野烟。

残春杜陵客[4],中酒[5]落花前。

◇注释

[1] 钓台:也称严子陵钓台,东汉严子陵隐居垂钓处,故址在今浙江桐庐县富春山。

[2] 潺湲:水流缓慢貌。

[3] 鸣幽鸟:王维《入若耶溪》:"蝉噪林逾静,鸟鸣山更幽。"

[4] 杜陵客:作者自指。

[5] 中酒:醉酒。

◇译文

　　睦州在严子陵当年垂钓的钓台附近,这里的山水实在优美可爱。远处的人家掩映在绿树中,山中溪水遍布,缓缓流淌。鸟儿在茂密的树林间鸣叫,烟雾弥漫,缭绕着阳光下的小楼。暮春时我居住在这里,醉倒在落花前。

南陵道中

南陵水面漫悠悠，风紧云轻欲变秋。

正是客心孤迥[1]处，谁家红袖[2]凭江楼。

◇注释

[1] 孤迥：孤单。

[2] 红袖：指美女。

◇译文

南陵的江水慢悠悠地流淌着，西风紧，云轻浮，秋天即将到来。此时我正客居他乡，内心孤寂，谁家的女子独倚江楼眺望远方？

念昔游(选二)

其一

十载飘然绳检[1]外,樽前自献自为酬。

秋山春雨闲吟处,倚遍江南寺寺楼。

其三

李白题诗水西寺[2],古木回岩楼阁风。

半醒半醉游三日,红白花开山雨中。

◇注释

[1] 绳检:指世俗的约束。

[2] 水西寺:指天宫水西寺,在宣州泾县水西山中。李白曾到此游览,并题诗《游水西简郑明府》。

◇译文

其一

漫游十年,不受约束,自斟自饮,自答自酬,潇洒自在。徜徉于山光水色,悠闲自得,吟诗遣兴,踪迹遍布江南的寺庙与楼宇。

其三

李白曾到水西寺游览并题诗,这里古木苍翠,阁楼相连,山谷中凉风习习,景色优美。蒙蒙细雨中,红色、白色的山花盛开,令人陶醉,似醉似醒中游览了三日。

屏风绝句

屏风周昉[1]画纤腰,岁久丹青色半销。

斜倚玉窗鸾发女,拂尘犹自妒娇娆。

◇注释

[1] 周昉:字景玄,唐代著名画家。

◇译文

　　屏风上周昉画的美人腰肢纤细,时间已久,画上的颜色大半消褪。少妇斜倚玉窗,梳理着鸾凤形的发髻,拂去灰尘,尚且嫉妒着画中美人的娇娆。

清 明

清明时节雨纷纷,路上行人欲断魂。

借问[1]酒家何处有?牧童遥指杏花村。

◇注释

[1] 借问:请问。

◇译文

清明时节,细雨纷纷,路上的行人失魂落魄。借问当地人哪里有卖酒的人家?牧童指着前方的杏花村。

秋浦途中

萧萧[1]山路穷秋[2]雨,浙浙[3]溪风一岸蒲。

为问寒沙新到雁,来时还下杜陵[4]无?

◇注释

[1] 萧萧:形容雨声。

[2] 穷秋:深秋。

[3] 浙浙:形容风声。

[4] 杜陵:在长安西南,杜牧的家乡。

◇译文

山路上秋雨潇潇,溪岸边,浙浙之风吹拂着蒲苇。询问刚刚飞落在寒沙的鸿雁,来时经过我的家乡杜陵了吗?

秋　夕

红烛秋光冷画屏,轻罗小扇扑流萤。

天阶[1]夜色凉如水,坐看牵牛织女星。

◇注释

[1] 天阶:露天的台阶。

◇译文

　　秋夜,红烛映照着清冷的画屏,手执轻罗小扇捕捉萤火虫。露天的台阶上,夜色寒凉如水,静坐在台阶上,遥望银河两边的牛郎织女星。

秋日偶题

荷花兼[1]柳叶,彼此不胜秋。

玉露[2]滴初泣,金风[3]吹更愁。

绿眉[4]甘弃坠,红脸[5]恨飘流。

叹息是游子,少年还白头。

◇注释

[1] 兼:和。

[2] 玉露:露珠。南北朝民歌《子夜四时歌·秋歌》:"金风扇素节,玉露凝成霜。"

[3] 金风:秋风。

[4] 绿眉:指柳叶。

[5] 红脸:指荷花。

◇译文

　　荷花和柳叶在秋风中不胜忧愁。晶莹的露珠滴下,好像哭泣一般,秋风吹来更多的哀愁。柳叶甘愿坠落,荷花不愿随水漂流。游子在外叹息,虽然年少却已白头。

秋霁寄远

初霁[1]独登赏,西楼多远风。

横烟[2]秋水上,疏雨夕阳中。

高树下山鸟[3],平芜飞鸟虫[4]。

唯应待明月,千里与君同。

◇注释

[1] 霁:雨雪停止。

[2] 烟:水汽,雾霭。

[3] 高树下山鸟:该句为"山鸟下高树"的倒装。

[4] 平芜飞鸟虫:该句为"鸟虫飞平芜"的倒装。平芜,指草木丛生的平旷荒野。

◇译文

　　秋雨初停,独自登上西楼欣赏雨后景色,阵阵秋风从远处吹来。水汽如同烟雾一样弥漫在水面上,稀疏的小雨映衬在夕阳中。从山上飞来的鸟儿落在高树上,鸟虫在平旷的原野上飞来飞去。只有等待晚上的明月,可以和远在千里之外的你共同观赏。

秋　梦

寒空动高吹，月色满清砧[1]。

残梦夜魂断，美人边思[2]深。

孤鸿秋出塞，一叶暗辞林。

又寄征衣[3]去，迢迢[4]天外心[5]。

◇注释

[1] 砧：捣衣石。

[2] 边思：对戍边之人的思念。

[3] 征衣：从军所穿的衣服。

[4] 迢迢：遥远。

[5] 心：指思念的心情。

◇译文

　　寒风在高空中吹着,清冷的月色洒在捣衣石上。夜里惊醒,打断了梦中的思念,倚靠枕边,深深地思念着戍边的丈夫。孤独的大雁在秋天离开边塞,一片树叶悄悄落下。再次给相思之人寄去亲手缝制的征衣,希望远在塞外的丈夫能感受到亲人的思念之情。

遣 怀

落魄江湖载酒行,楚腰[1]纤细掌中轻[2]。

十年一觉扬州梦,赢得青楼薄幸名。

◇注释

[1]楚腰:指细腰美女。

[2]掌中轻:汉成帝皇后赵飞燕体轻,能做掌上舞。

◇译文

当年生活潦倒,漂泊江湖,常载酒放纵,沉溺美色,喜欢细腰轻盈的美人。在扬州纵情声色的十年,好像一场梦,只在青楼中流下了薄幸之名。

蔷薇花

朵朵精神叶叶柔,雨晴香拂醉人头。

石家锦障[1]依然在,闲倚狂风夜不收。

◇注释

[1] 石家锦障:西晋时石崇与国舅王恺斗富,王恺做了四十里的紫丝布步障,石崇就做五十里的锦步障。

◇译文

蔷薇花朵朵精神,叶叶娇柔,雨后天晴,香气袭人,使人陶醉。蔷薇花如当年石崇家的五十里锦步障,在狂风席卷的夜晚傲然挺立,悠闲绽放。

齐安郡[1]晚秋

柳岸风来影渐疏,使君[2]家似野人[3]居。

云容水态还堪赏,啸志歌怀亦自如[4]。

雨暗残灯棋欲散,酒醒孤枕雁来初。

可怜赤壁争雄渡,唯有蓑翁[5]坐钓鱼。

◇注释

[1] 齐安郡:指黄州。杜牧因受排挤,谪任黄州刺史。

[2] 使君:汉代刺史为使君,这里是杜牧自指。

[3] 野人:平民。

[4] 自如:不受约束。

[5] 蓑翁:穿着蓑衣的渔翁。

◇译文

　　秋风萧瑟,柳叶渐落,柳影稀疏,我居住的地方简陋、荒凉,好似乡野人家。这里云闲水清值得游赏,闲来吟咏以抒发志向和心情,悠闲自得。昏暗的雨夜,一盏残灯下,一盘棋已下完,酒醒后,孤枕难眠,又到了北雁南飞的时候。可叹当年英雄豪杰在赤壁争雄,如今只有我这样的蓑翁在此垂钓。

齐安郡后池绝句

菱透浮萍绿锦池,夏莺千啭弄蔷薇。

尽日无人看微雨,鸳鸯相对浴红衣[1]。

◇注释

[1] 红衣:指鸳鸯的红色羽毛。

◇译文

青翠的菱草穿透池中浮萍,绿遍锦池,莺鸟在蔷薇丛中百啭千鸣。终日无人欣赏这微雨中的景色,只有鸳鸯在池中相对梳洗红色的羽衣。

齐安郡中偶题二首

其一

两竿落日溪桥上,半缕轻烟柳影中。

多少绿荷相倚恨,一时回首背西风。

其二

秋声无不搅离心,梦泽[1]蒹葭[2]楚雨深。

自滴阶前大梧叶,干[3]君何事动哀吟?

◇注释

[1] 梦泽:云梦泽,古时大泽名,面积广,占数百里,跨长江南北。李白《〈大猎赋〉序》:"楚国不过千里,梦泽居其大半。"

[2] 蒹葭:蒹,荻。葭,芦苇。

[3] 干:关涉。

◇译文

其一

站在溪桥上,眺望着西边的落日,还有两竿就要落下,烟雾轻绕,树影朦胧。片片绿荷层层叠叠相拥在一起,一阵西风吹过,荷叶翻转。

其二

秋声阵阵,搅动扰乱了游子的离情别绪,云梦泽中芦苇苍茫,在浓浓的秋雨中萧瑟。雨水滴落在台阶前的大梧桐叶上,什么事关涉您以致您哀伤地吟唱?

寝 夜

蛩唱[1]如波烟，更深似水寒。

露华[2]惊弊褐[3]，灯影挂尘冠。

故国[4]初离梦，前溪更下滩。

纷纷毫发事，多少宦[5]游难。

◇注释

[1] 蛩唱：指蟋蟀的叫声。

[2] 露华：清冷的月光。

[3] 弊褐：破旧的衣袍。

[4] 故国：指家乡。

[5] 宦：出仕做官。

◇译文

　　蟋蟀的叫声接连不断，如同江上的波涛声，夜深了，天气像水一样寒冷。清冷的月光照到破旧的衣袍上，灯光下，帽子上的灰尘还能看见。离开家乡已久，却还像刚刚离开一样，家乡的"前溪"和"下滩"是否还和之前一样？那么多烦琐的事情，漂泊在外是多么艰辛。

润州二首（选一）

句吴亭[1]东千里秋，放歌[2]曾作昔年游。

青苔寺里无马迹，绿水桥[3]边多酒楼。

大抵南朝皆旷达，可怜[4]东晋最风流。

月明更想桓伊[5]在，一笛闻吹出塞愁。

◇注释

[1]句吴亭：在唐润州官舍，也作向吴亭。

[2]放歌：放声歌唱。杜甫《闻官军收河南河北》："白日放歌须纵酒，青春作伴好还乡。"

[3]绿水桥：应为渌水桥。

[4]可怜：可爱。

[5]桓伊：字叔夏，东晋著名将领、名士，善吹笛。曾与谢玄在淝水之战中大破苻坚。

◇译文

　　句吴亭东,秋色千里,当年曾在这里放歌游览。寺庙中长满青苔,没有马的足迹,绿水桥边酒楼林立。南朝大多是旷达之士,东晋那些名士风流洒脱,令后人企羡。月明之夜,更希望桓伊尚在,一笛便能吹出边塞的哀愁。

入茶山下题水口草市绝句

倚溪[1]侵岭[2]多高树,夸酒书旗有小楼。

惊起鸳鸯岂无恨,一双飞去却回头。

◇注释

[1] 溪:指箬溪。

[2] 岭:顾渚岭。

◇译文

此处倚傍着箬溪,连接着顾渚岭,这里多生长高大的树木,酒楼上飘着夸说酒美的酒旗。正在戏水的鸳鸯被惊飞,岂能无恨?一双飞走的鸳鸯还回头留恋不舍。

商山富水驿

益戆[1]犹来未觉贤，终须南去吊湘川[2]。

当时物议[3]朱云[4]小，后代声华白日悬。

邪佞每思当面唾[5]，清贫长欠一杯钱。

驿名不合[6]轻移改，留警朝天者惕然。

◇注释

[1] 益戆：刚直。

[2] 吊湘川：指贾谊被贬为长沙王太傅，在渡湘水，经屈原放逐之地时作《吊屈原赋》以吊屈原。

[3] 物议：众人的议论。

[4] 朱云：字游，汉武帝时任槐里令，数忤权贵，因此获罪被刑。汉成帝时再次上书，愿请上方剑斩奸佞之臣张禹。

[5] 当面唾：当面痛斥。诗中指阳城反对裴延龄为相之事。

[6] 不合：不该。

◇译文

　　昏庸的君主从来不会把正直的忠臣当作贤者,最终被贬到南方卑湿之地,途径湘水吊念屈原。当时的议论对朱云来说微不足道,但其声誉在后世却如白日悬天那样辉煌。阳城曾当面痛斥裴延龄的巧言谄媚,却总因清贫拖欠店家酒钱。阳城驿的名字不该轻易改动,保留这名字能够让路过的当官之人保持警醒。

商山麻涧[1]

云光岚彩[2]四面合,柔柔垂柳十余家。
雉飞鹿过芳草远,牛巷鸡埘[3]春日斜。
秀眉[4]老父对樽酒,茜袖女儿簪[5]野花。
征车自念尘土计,惆怅溪边书细沙。

◇注释

[1] 商山麻涧:商山,在今陕西省丹凤县城西。麻涧,在商山之中熊耳峰下,这里山涧环绕,适宜种麻,故名。

[2] 岚彩:山中像云彩一样的雾气。

[3] 埘:在墙上挖洞做成的鸡窝。

[4] 秀眉:老人常会有几根较长的眉毛,称为秀眉,是长寿的象征。

[5] 簪:插,戴。

◇译文

　　山中云气四面缭绕,柔软的柳枝低垂,下面有十余户人家。春日里,夕阳西斜,锦鸡、野鹿飞奔过草丛,牧牛归家,鸡儿进窝。长眉老翁悠闲地饮酒,红衣少女头戴野花。为了功名生计奔波劳苦,在溪边的沙地上书写心中惆怅。

沈下贤[1]

斯人清唱何人和,草径苔芜不可寻。

一夕小敷山[2]下梦,水如环佩月如襟。

◇注释

[1] 沈下贤:沈亚之,字下贤,吴兴(今浙江湖州)人。元和十年(815)登进士第,是著名文学家,工诗善文,尤长于传奇小说。

[2] 小敷山:又名福山。在湖州乌程县西南二十里,为沈下贤旧居之地。

◇译文

沈下贤清新的作品,有谁能相和?他的旧居已经杂草遮径,青苔遍地,遗迹难寻。有一天晚上梦见自己来到小敷山下,听到溪水流淌声如环佩相击,月光明亮如他高洁的襟怀。

山 石 榴

似火山榴映小山,繁中能薄艳中闲。

一朵佳人玉钗上,只疑烧却翠云鬟[1]。

◇注释

[1] 鬟:指古代妇女的环形发髻。

◇译文

石榴花像火一样鲜红,映照着山冈,这满山榴花使人在繁忙中能博得几分清闲。一朵榴花插在佳人的玉钗上,真担心把佳人的发髻烧着了。

送 别

溪边杨柳色参差[1]，攀折[2]年年赠别离。

一片风帆望已极[3]，三湘烟水返何时？

多缘去棹[4]将愁远，犹倚危亭欲下迟。

莫殢[5]酒杯闲过日，碧云深处是佳期。

◇注释

[1] 参差：颜色不一。

[2] 攀折：指折柳赠别。

[3] 极：尽头。

[4] 棹：船桨。

[5] 殢：滞留。

◇译文

　　溪边杨柳颜色参差不一，每年在此折下柳枝赠给离别之人。船已离去，直到望不见船帆的影子，何时才能从遥远的三湘之地返回？送别的亲人无法将相思的愁绪忘掉，还倚靠在送别的驿站迟迟不肯离去。不要借酒浇愁，虚度光阴，在碧云深处期待着与家人团聚的美好时光。

送隐者一绝

无媒[1]径路草萧萧,自古云林[2]远市朝。

公道世间唯白发,贵人头上不曾饶。

◇注释

[1] 无媒:指没有引荐之人。

[2] 云林:指隐居处。

◇译文

由于没人引荐,你隐居在山林深处,远离市朝的名利之争,门前的小路荒草丛生,一片萧瑟。世间最公道的便是岁月不饶人,谁到了老年都会长出白发,王公贵族也不例外。

送国棋王逢

玉子纹楸[1]一路饶[2]，最宜檐雨竹萧萧。

羸形[3]暗去春泉长，拔势横来野火烧。

守道还如周伏柱[4]，鏖兵不羡霍嫖姚[5]。

得年七十更万日，与子期于局上销。

◇注释

[1] 纹楸：围棋盘。

[2] 一路饶：饶一路的倒装，让一子之意。

[3] 羸形：指棋型瘦弱。

[4] 周伏柱：指老子，他曾为周朝柱下史。

[5] 霍嫖姚：指西汉霍去病，被封为嫖姚校尉。

◇译文

  屋檐下,秋雨滴滴答答,窗外竹林萧萧,摆上玉制的棋子和精美的棋盘,就先让我一子吧。您的棋艺高超,虽让一子,也能由弱转强,就像春泉流淌,生机勃勃。进攻时势如拔旗,快如野火燎原。您坚守老子的学说,用兵作战的谋略不亚于西汉大将霍去病。如果能活到七十岁,还有万余日,期望与您在棋局中消磨时光。

山 行

远上寒山石径斜,白云生处有人家。
停车坐[1]爱枫林晚,霜叶红于二月花。

◇**注释**

[1] 坐:因为。

◇**译文**

石头小路曲折地通向远处的山峦,白云飘浮的地方有山民居住的农家。停下车来是因为喜爱枫林晚景,经霜的枫叶比二月的春花还要红艳。

书 怀

满眼青山未得过,镜中无那[1]鬓丝何。

只言旋[2]老转无事,欲到中年事更多。

◇注释

[1] 无那:没有办法。

[2] 旋:很快。

◇译文

眼前满是青山,却没有闲情去游览,镜中已是鬓发苍苍,虽然无奈又能如何?只说老了以后就没有俗事牵绊,哪知人到中年,尘事更多。

隋宫春

龙舟东下事成空,蔓草萋萋满故宫。
亡国亡家为颜色,露桃犹自恨春风。

◇译文

隋炀帝沿江巡幸,荒废朝政,原来的宫殿中早已长满荒草。沉湎美色以致国破家亡,露井边的桃花尚且怨恨春风。

题扬州禅智寺[1]

雨过一蝉噪,飘萧[2]松桂秋。

青苔满阶砌,白鸟故迟留[3]。

暮霭生深树,斜阳下小楼。

谁知竹西路[4],歌吹是扬州[5]。

◇注释

[1] 禅智寺:又名上方寺、竹西寺,在扬州使节衙门东三里,风景优美,为扬州胜景之一。

[2] 飘萧:飘摇萧瑟。

[3] 迟留:徘徊不愿离去。

[4] 竹西路:指禅智寺前官河北岸的道路。竹西,在扬州甘泉之北,后人在这里筑亭,名曰竹西亭,又称歌吹亭。

[5] 歌吹是扬州:化用鲍照《芜城赋》:"廛闬扑地,歌吹沸天。"歌吹,指歌声和音乐声。

◇译文

　　大雨过后，还有一只蝉在聒噪，松树、桂树在秋风中飘摇，萧瑟凄冷。台阶上长满青苔，白鸟也在此停留徘徊，迟迟不肯离去。日暮时分，雾气弥漫在茂密的树林中，夕阳渐渐落下小楼。谁知这寂静的竹西路是通往繁华喧闹的扬州。

题宣州开元寺[1]水阁

六朝文物[2]草连空[3],天淡云闲今古同。

鸟去鸟来山色里,人歌人哭[4]水声中。

深秋帘幕千家雨,落日楼台一笛风[5]。

惆怅无日见范蠡[6],参差烟树五湖东。

◇注释

[1] 开元寺:建于东晋,原名永安寺,唐开元二十六年(738)改名为开元寺。

[2] 文物:指礼乐典章。

[3] 空:天空。

[4] 人歌人哭:出自《礼记·檀弓下》:"歌于斯,哭于斯,聚国族于斯。"指在这里宴聚、居丧。

[5] 笛风:笛声随风飘动。

[6] 范蠡:春秋末年的政治家,字少伯,楚国人,越国大夫,曾辅佐越王勾践灭吴。后来为避免越王的猜忌,归隐于五湖。《吴越春秋》:"乃乘扁舟,出三江,入五湖,人莫知其所适。"

◇译文

　　六朝的繁华已不再，放眼望去，只见衰草连天，而天淡云闲的景象，古今并没有什么变化。鸟儿在群山中飞来飞去，人们的喜怒忧愁随着流水逝去。深秋时节，细雨绵绵，笼罩着千家万户，落日时，夕阳映照着楼台，晚风中传来寂寥的笛声。内心无限惆怅，无缘见到范蠡，只好望向五湖，却只见雾气缭绕的树林。

题 武 关 [1]

碧溪留我武关东,一笑怀王[2]迹自穷。

郑袖[3]娇娆酣似醉,屈原憔悴去如蓬。

山墙谷堑依然在,弱吐强吞[4]尽已空。

今日圣神[5]家四海,戍旗[6]长卷夕阳中。

◇注释

[1] 武关:战国时秦国设置的关隘,故址在今陕西。

[2] 怀王:楚怀王熊槐,战国时楚国的国君,为楚威王之子,公元前328至前299年在位。

[3] 郑袖:楚怀王的宠妃。曾被张仪收买,怀王听信郑袖之言,将张仪放走。

[4] 弱吐强吞:指战国时强国侵吞弱国的形势。

[5] 圣神:对皇帝的敬称。

[6] 戍旗:守卫边防的战旗。

◇译文

　　清澈的溪水从眼前流过，似乎要把我留在武关之东，可笑当年昏庸的楚怀王入关投秦，一去不返，没有留下任何遗迹。郑袖得宠的娇柔妩媚之态如同喝醉酒似的，屈原遭受放逐，流浪漂泊，形容枯槁憔悴犹如乱蓬。如城墙耸立的山峦，似壕沟深长的山谷还依然存在，弱肉强食七国争雄的局面好像过眼云烟已成空。当今天子神圣，四海一家，天下统一，武关上长风浩荡，戍守的战旗在夕阳中翻卷。

题乌江亭[1]

胜败兵家事不期[2],包羞忍耻是男儿。

江东子弟多才俊,卷土重来未可知。

◇注释

[1] 乌江亭:在今安徽省和县东北的乌江浦。

[2] 不期:不能预料。

◇译文

胜败乃兵家常事,无法预料,男子汉大丈夫当有忍受屈辱的气概。江东子弟有很多才俊之士,如果项羽能够回到家乡,说不定能够卷土重来。

题敬爱寺楼

暮景千山雪,春寒百尺楼。

独登还独下,谁会[1]我悠悠[2]。

◇注释

[1] 会:理解。

[2] 悠悠:化用陈子昂《登幽州台歌》:"前不见古人,后不见来者。念天地之悠悠,独怆然而涕下!"

◇译文

千山暮雪,茫茫一片,春寒料峭,我独自登上敬爱寺的百尺高楼。独自登上高楼又独自下来,谁能理解我心中的苦闷?

题桃花夫人[1]庙

细腰宫[2]里露桃新，脉脉无言[3]几度春。
至竟[4]息亡[5]缘底事？可怜金谷坠楼人[6]。

◇注释

[1]桃花夫人：春秋时期的息夫人。春秋时陈侯之女，姓妫（guī），嫁给息国国君，称为息妫。楚文王爱息妫美貌，于是灭掉息国，强纳息妫为夫人。息夫人对自己的不幸遭遇作无言地抗争，终日不语。

[2]细腰宫：指楚王宫。

[3]脉脉无言：指息夫人被楚文王强纳为夫人后一直一言不发。

[4]至竟：究竟。

[5]息亡：指息国灭亡。

[6]金谷坠楼人：指绿珠。

◇译文

　　楚国的王宫里新来了桃花夫人,桃花夫人心念故国默默无言地度过了多少个春秋。究竟因为什么事使息国灭亡?可怜在金谷园殉情坠楼的绿珠。

题齐安城楼

呜轧[1]江楼角一声，微阳潋潋落寒汀。

不用凭栏苦回首，故乡七十五长亭。

◇注释

[1] 呜轧：吹角声。

◇译文

江楼上响起呜咽的号角声，斜阳冉冉照在寒冷的沙汀上。不愿凭栏远眺，因为害怕回望故乡的痛苦，这里距离故乡有七十五个长亭那么遥远。

题木兰庙

弯弓征战作男儿,梦里曾经与画眉。

几度思归还把酒,拂云堆[1]上祝明妃[2]。

◇注释

[1] 拂云堆:在今内蒙古自治区的乌拉特西北,堆上有明妃祠。

[2] 明妃:指王昭君。

◇译文

木兰扮作男儿手挽弓箭在沙场上为国征战,梦里也像曾经那样给自己画眉。多少次举起酒杯思念故乡,到拂云堆上去祭祀明妃王昭君。

题元处士高亭

水接西江[1]天外声，小斋松影拂云平。

何人教我吹长笛，与倚春风弄月明。

◇注释

[1] 西江：指宣州之西的清弋江。

◇译文

高亭与天相接，涛涛水声似从天外飞来，小斋耸立，斋外松影轻拂，与云齐平。谁能教我吹奏长笛？在皎洁的月光下，与春风共醉。

题水西寺

三日去还住,一生焉再游。
含情碧溪水,重上粲公楼[1]。

◇注释

[1] 粲公楼:水西寺楼。粲公,隋代高僧,为禅宗三祖。

◇译文

在寺里住了三日欲去不舍,这一生哪里还有机会再游此地。碧绿的泾溪水含情脉脉,我重新登上了水西寺的高楼。

题横江馆

孙家兄弟[1]晋龙骧[2],驰骋功名业帝王。

至竟江山谁是主,苔矶空属钓鱼郎。

◇注释

[1]孙家兄弟:指三国时期东吴政权的建立者孙策、孙权。

[2]晋龙骧:指西晋大将王濬,曾封龙骧将军。

◇译文

吴国的建立者孙策、孙权兄弟和消灭吴国的西晋大将龙骧将军都是驰骋沙场、建功立业的帝王将相。究竟谁才是这江山的主人?长满青苔的石矶不过是属于钓鱼郎的。

题商山四皓庙一绝

吕氏强梁[1]嗣子柔,我于天性岂恩仇。

南军不袒左边袖[2],四老安刘是灭刘。

◇注释

[1]吕氏强梁:指吕后强横。

[2]南军不袒左边袖:南军,指汉代守卫未央宫的屯卫兵,因在长安城的南面,故称南军。吕后死后,诸吕欲掌权,周勃以太尉的身份进入北军,用计夺取吕禄掌握的北军将印,并传令军中,拥护吕氏者露右臂,拥护刘氏者露左臂,北军将士全部"左袒"。

◇译文

吕后强横,但她的儿子却仁善软弱,我想人的天性难道就是恩仇分明,互相残杀吗?守卫京城的南军不肯坦露左边的衣袖,商山四皓到底是保刘氏天下还是灭刘氏天下?

题白蘋洲

山鸟飞红带[1]，亭薇拆紫花。

溪光[2]初透彻[3]，秋色正清华。

静处知生乐，喧中见死夸[4]。

无多珪[5]组累，终不负烟霞。

◇注释

[1]红带：鸟名，练鹊的一种，雄鸟尾羽较长，如拖练带，故有绶带鸟、寿带鸟等名称。

[2]溪光：溪流的水色。

[3]透彻：通透。

[4]夸：浮夸。

[5]珪：古代玉器名。

◇译文

　　山鸟成群飞舞，漫山紫色的鲜花。溪水清澈通透，秋色清静。内心平静才会发现生活的乐趣，喧闹的环境中显得更加浮夸。没有太多物质的牵绊，不为所累，才能不负自然，不负秋天的美景。

题 村 舍

三树稚桑春未到,扶床乳女午啼饥。

潜销暗铄归何处,万指侯家[1]自不知。

◇注释

[1] 万指侯家:指有成千奴婢的官僚家。

◇译文

春天还未来到有三棵小桑树的村舍,尚在扶床学步还在吃奶的小女孩中午因饥饿而啼哭。历尽磨难长大后的出路在哪里?她还不知道自己的出路就是做王侯家的奴婢。

叹　花

自是[1]寻春去校迟，不须惆怅怨芳[2]时。

狂风落尽深红色，绿叶成阴子满枝。

◇注释

[1] 自是：原来是。

[2] 芳：花。

◇译文

原来是自己寻春赏花去得太迟了，无需惆怅怨花开得太早。狂风吹落了鲜艳的花朵，现在已是绿叶成荫，果实满枝。

途中一绝

镜中丝发悲来惯,衣上征尘拂渐难。

惆怅江湖钓竿手,却遮西日向长安。

◇译文

　　看着镜中斑白的鬓发,心中的悲伤已成习惯,衣服上的征尘已逐渐难以拂去。只想江湖闲钓,了此残生,惆怅满怀,不想回到长安。

闻庆州赵纵[1]使君与党项[2]战中箭身死，辄书长句

将军独乘铁骢马[3]，榆溪战中金仆姑[4]。

死绥[5]却是古来有，骁将自惊今日无。

青史文章争点笔，朱门歌舞笑捐躯。

谁知我亦轻生者，不得君王丈二殳[6]。

◇注释

[1] 赵纵：曾任庆州刺史。

[2] 党项：我国古代的少数民族。

[3] 铁骢马：配备铁甲的战马。

[4] 金仆姑：箭名。

[5] 死绥：古代军法规定因退兵而当死罪。

[6] 殳：兵器。

◇译文

　　将军独自骑着配有铁甲的战马,与党项在榆溪之战中中箭身亡。自古以来,因军队战败而被处死的将军很多,而如将军一般亲上战场并战死之人恐怕今后再也没有了。文人墨客争相提笔评论,豪门贵族依然歌舞升平,笑看战死之人。有谁知道我也是不怕死的勇士,可惜得不到君王的赏识。

惜 春

春半年已除[1]，其馀[2]强为有。

即[3]此醉残花，便同尝腊酒[4]。

怅望送春杯，殷勤扫花帚。

谁为驻[5]东流，年年长在手。

◇注释

[1]除：流逝，过去。

[2]馀：同"余"，剩下的。

[3]即：就在。

[4]腊酒：指腊月（农历十二月）酿造的酒。腊酒一般在春天饮用，虽然浑浊，却很醇美。

[5]驻：阻拦。

◇译文

　　春天已经过去一半,一年也就过去了,剩下的时间就随意度过吧。这时就醉酒在残花丛中,就如同在品尝腊月酿制的酒。惆怅地看着春天离去,殷勤地打扫满地的落花。谁能让时间停止流逝,为我留住这美好的时光。

杏 园

夜来微雨洗芳尘[1]，公子骅骝[2]步贴匀[3]。

莫怪杏园憔悴去，满城多少插花人。

◇注释

[1] 芳尘：落花。

[2] 骅骝：赤色骏马，周穆王八骏之一。

[3] 贴匀：顺从。

◇译文

夜里一场小雨打落了一地的杏花，公子们骑马出游，骏马的脚步整齐顺从。不要怪杏花凋零，看看满城多少人头插杏花。

宣州送裴坦[1]判官往舒州，时牧欲赴官归京

日暖泥融雪半消，行人芳草马声骄。

九华山[2]路云遮寺，清弋江[3]村柳拂桥。

君意如鸿高的的[4]，我心悬旆[5]正摇摇。

同来不得同归去，故国[6]逢春一寂寥！

◇注释

[1]裴坦：字知进，进士及第，宣州观察府判官，杜牧故交。

[2]九华山：我国佛教四大名山之一，有"佛国仙城"之称。在青阳（今属安徽）西南，因为有九峰，且形似莲花而得名。

[3]清弋江：青弋江，在宣城西，为长江下游支流。

[4]的的：鲜明貌。

[5]悬旆：悬挂在空中的旗子。

[6]故国：故乡，指长安。

◇译文

　　天气转暖，大地解冻，路面泥泞，积雪大半已消融，芳草绿，马嘶鸣，行人就要离去。九华山路云雾缭绕，山中寺庙若隐若现，清弋江旁，村边柳枝，轻拂桥面。你的志向如高飞的鸿雁，踌躇满志，我的心情却像高悬的旗子空虚飘摇。我们一同来到这里却不能一同归去，我独自回到故乡，即使春光明媚，也难免寂寞、无聊。

宣州开元寺南楼

小楼才受一床横，终日看山酒满倾。

可惜和[1]风夜来雨，醉中虚度打窗声。

◇注释

[1] 和：伴随。

◇译文

南楼很小，只能容得下一张坐榻，但可终日看山，且斟满酒杯，别有韵味。可惜夜里风携雨至，敲打着窗户，我却喝醉了，虚度时光。

西江怀古

上吞巴汉[1]控潇湘,怒似连山净镜光。

魏帝[2]缝囊[3]真戏剧,苻坚投箠[4]更荒唐。

千秋钓舸歌明月,万里沙鸥弄夕阳。

范蠡清尘何寂寞,好风唯属往来商。

◇注释

[1] 巴汉:指巴江和汉水。

[2] 魏帝:指曹操。

[3] 缝囊:指曹操用沙囊填塞长江,借以南侵孙吴。

[4] 苻坚投箠:苻坚不听大臣劝阻,坚持进攻东晋。《晋书·苻坚载记》:"以吾之众旅,投鞭于江,足断其流。"

◇译文

　　长江上吞巴江、汉水,下控潇湘之水,怒时则波涛汹涌,惊涛如山,静时则水面如平镜。曹操缝囊投江就像一场闹剧,苻坚投鞭断流更是荒唐。明月初升,江船上渔歌嘹亮,夕阳西下,沙鸥在江面翻飞。范蠡如今已化为清尘,是何等的寂寞。江上的好风只能嘱咐来往的商人。

新　柳

无力摇风晓色新，细腰[1]争妒看来频。

绿荫未覆[2]长堤水，金穗[3]先迎上苑[4]春。

几处伤心怀远路，一枝和雨[5]送行尘。

东门门外多离别[6]，愁杀朝朝暮暮人。

◇注释

[1] 细腰：原指女子纤细的腰肢，诗中指柳枝。

[2] 覆：遮，盖。

[3] 金穗：金色的柳穗。

[4] 上苑：皇家帝王游猎的园林。

[5] 和雨：细雨。

[6] 东门门外多离别：长安城东门外有灞桥，行人多在此折柳送别。

◇译文

　　新生的柳条柔嫩,在早晨的春风中轻轻地摇晃,纤细的柳枝争相嫉妒常来赏春的人们。柳荫还未覆盖到长堤的水面,金色的柳穗先在上苑迎来了春天。几处伤心的人儿为远行的朋友送别,一枝沾了雨水的柳枝伴着离别的人远行。东门外的灞桥多为离别之地,离别的愁绪让人痛苦万分。

有 感

宛溪[1]垂柳最长枝,曾被春风尽日吹。

不堪攀折犹堪看,陌上少年来自迟。

◇注释

[1]宛溪:源出于宣城东南峰山。

◇译文

蜿蜒的小溪边,垂柳在春风的吹拂下摇动。杨柳虽已不堪攀折,但仍值得一看,如果有所惋惜,那便是陌上少年来得太迟了。

有 寄

云阔烟深树,江澄水浴秋。

美人[1]何处在,明月万山头。

◇注释

[1] 美人:指诗人思念的友人。

◇译文

天空辽阔,白云飘浮,烟雾弥漫在树林深处,江水澄清,秋色倒映在江中,好像在沐浴。如今你在哪里?只有明月的清辉洒遍千山万峰。

雨中作

贱子[1]本幽慵，多为隽贤侮。

得州荒僻中，更值连江雨[2]。

一褐拥秋寒，小窗侵竹坞。

浊醪[3]气色严[4]，蟠腹瓶罂古[5]。

酣酣天地宽，恍恍嵇刘[6]伍。

但为适性情，岂是藏鳞羽[7]。

一世一万朝，朝朝醉中去。

◇注释

[1]贱子：谦称自己。

[2]更值连江雨：王昌龄《芙蓉楼送辛渐》："寒雨连江夜入吴，平明送客楚山孤。"

[3]浊醪：浊酒。

[4]严：通"酽"，指汁液浓。

[5]蟠腹瓶罂古：指古代腹大口小的盛酒器。

[6] 嵇刘：指嵇康和刘伶。

[7] 藏鳞羽：指韬光养晦。该典出自《后汉书》卷八十三《逸民列传·陈留老父传》："老父趋而过之，植其杖，太息言曰：'吁！二大夫何泣之悲也？夫龙不隐鳞，凤不藏羽，网罗高县，去将安所？虽泣何及乎！'二人欲与之语，不顾而去，莫知所终。"

◇译文

　　我本就是一个爱幽静又平庸的人，却总是受到隽逸才能的欺侮。得到荒僻的黄州刺史的职位，还遇上这连江的寒雨。我身穿一件粗布短衣抵挡这秋季的寒冷，四面山坡上的竹枝伸进小窗内。浓浓的浊酒盛在腹大口小的古瓶里。畅饮浊酒，酣醉中感觉天地都变得宽阔了，恍惚中与嵇康和刘伶成了好友。我饮酒只是为了顺应自己的性情，并不是为了韬光养晦，隐藏自己的行迹。人的一生不过一万多天，我愿在醉中度过余生。

雨

连云接塞添迢递,洒幕侵灯送寂寥。
一夜不眠孤客耳,主人窗外有芭蕉。

◇译文

　　雨雾弥漫,天地似乎连为一体,增添了绵绵的思念,雨水打湿了帘幕,冷风摇曳着灯火,内心更加孤苦。窗外雨打芭蕉,滴滴答答,不绝于耳,孤客一夜未眠。

月

三十六宫[1]秋夜深，昭阳[2]歌断信沉沉。

唯应独伴陈皇后，照见长门望幸心。

◇注释

[1]三十六宫：形容宫殿之多。骆宾王《帝京篇》："秦地重关一百二，汉家离宫三十六。"

[2]昭阳：昭阳殿。

◇译文

秋夜里，皇宫中众多的宫殿更加幽深，昭阳殿里的歌声已停歇，无声无息。只有明月独自陪伴着陈皇后，照见她在长门宫里等待着汉武帝的宠幸。

寓 言

暖风迟日[1]柳初含,顾影看身又自惭。

何事明朝[2]独惆怅,杏花时节在江南。

◇注释

[1] 迟日:春日。

[2] 明朝:对本朝的敬称。

◇译文

春风送暖,白日渐长,柳树长出了嫩芽,转身看看自己的影子,又不觉惭愧起来。什么事让我在圣明的朝代独自惆怅?原来是杏花盛开的时节我却在江南。

鹦 鹉

华堂日渐高，雕槛系红绦[1]。

故国陇山[2]树，美人金剪刀[3]。

避笼交翠尾，罅[4]嘴静新毛。

不念三缄[5]事，世途皆尔曹[6]。

◇注释

[1] 红绦：红丝带。

[2] 陇山：在今陕西陇县至甘肃平凉一带。

[3] 金剪刀：指鹦鹉被剪去翅羽，关于笼中。

[4] 罅：裂开。

[5] 缄：封。

[6] 尔曹：你们。

◇**译文**

　　太阳渐渐高起，阳光照进华美的殿堂，雕花的栏杆上系着红丝带。原来生活在故乡陇山的高树上，如今被剪去翅羽，囚于笼中。躲在笼子里，展示着尾巴上翠绿的羽毛，张开嘴静静地梳理新长出的羽毛。要记住说话要小心谨慎，不然就会像你们一样被关在笼子里。

赠猎骑

已落双雕[1]血尚新,鸣鞭走马又翻身。
凭君[2]莫射南来雁,恐有家书寄远人。

◇注释

[1]落双雕:射落成双的雕。指猎人的射技高超。

[2]凭君:希望您。

◇译文

被射落的双雕流出的血尚且新鲜,猎人又挥鞭催马并转身瞄准了空中的大雁。希望您不要射向那从南方飞来的大雁,恐怕会有家书寄给远在外面的亲人。

赠 别

眼前迎送不曾休,相续轮蹄似水流。

门外若无南北路,人间应免别离愁。

苏秦六印[1]归何日?潘岳双毛[2]去值秋。

莫怪分襟[3]衔泪语,十年耕钓忆沧洲[4]。

◇注释

[1]苏秦六印:该典出自《史记·苏秦列传》。苏秦游说六国接受"合纵"策略,联合起来抵抗秦国。苏秦被六国封相,身佩六国相印,功成名就,荣归故里。

[2]潘岳双毛:比喻中年鬓发始白,感叹时光逝去,身心俱衰。潘岳,指潘安,貌美。双毛,二毛,指头发花白。

[3]分襟:离别。

[4]沧洲:水滨,代指隐者居处。

◇译文

　　眼前送别的人往来不绝，车马如流水一样来往不断。世上如果没有对仕途的追逐，人们便不会为仕途奔波，也就不会有离别的伤感。何时能像苏秦那样功成名就？可怜我已双鬓斑白，渐渐老去。不要怪我含着泪水与你道别，虽然身在仕途，我仍怀念十年前隐居的生活。

赠别二首

其一

娉娉袅袅十三余，豆蔻[1]梢头二月初。

春风十里扬州路，卷上珠帘总不如。

其二

多情却似总无情，惟觉樽前笑不成。

蜡烛有心[2]还惜别，替人垂泪到天明。

◇注释

[1] 豆蔻：指少女，十三四岁称为豆蔻年华。

[2] 心：与"芯"双关。

◇译文

其一

　　十三四岁的少女体态轻盈,婀娜多姿,如同二月初枝头上含苞待放的豆蔻花。繁华的扬州路上,春风十里,景色怡人,珠帘中的佳人没有谁能比得上它的美丽。

其二

　　多情的人却像无情的人一样冷若冰霜,只觉得在离别的酒宴上笑不出来。蜡烛还有惜别的心意,为将要离别的人伤心流泪到天明。

赠终南兰若[1]僧

家在城南杜曲旁[2],两枝仙桂[3]一时芳。
禅师都未知名姓,始觉空门意味长。

◇注释

[1]兰若:寺庙。

[2]家在城南杜曲旁:一作"北阙南山是故乡"。城南,长安城南。

[3]仙桂:指科举及第。

◇译文

我的家在长安城南杜曲旁,一年之中两次科举及第,名噪一时。禅师却不知我的姓名,才发觉佛门意味深长。

赠宣州元处士[1]

陵阳[2]北郭[3]隐,身世[4]两忘者。

蓬蒿三亩居[5],宽于一天下。

樽酒对不酌,默与玄相话。

人生自不足,爱叹遭逢寡。

◇注释

[1] 元处士:元孚,宣城开元寺僧人。

[2] 陵阳:陵阳山,在宣城。传说是陵阳子得道成仙的地方。

[3] 北郭:指北郭先生廖扶。东汉人,隐居不出,精天文、谶纬之术,时称"北郭先生"。

[4] 身世:鲍照《咏史·五都矜财雄》:"君平独寂寞,身世两相弃。"

[5] 三亩居:指村野简陋的住宅。

◇**译文**

　　陵阳山上的北郭先生是身世两相忘的隐士。他们住在杂草丛生的简陋居室里，却让人觉得天地宽广。面对着酒却不饮，默默地探讨深奥玄妙的哲理。人们总是不知足，所以常常感叹自己的遭遇不好。

自宣城赴官上京

潇洒江湖十过秋[1],酒杯无日不迟留。

谢公[2]城畔溪惊梦,苏小[3]门前柳拂头。

千里云山何处好,几人襟韵[4]一生休[5]。

尘冠[6]挂却[7]知闲事,终把蹉跎访旧游。

◇注释

[1] 十过秋:十多年。

[2] 谢公:谢朓,字玄晖,南朝齐著名的山水田园诗人。建武二年(495),出任宣城太守,故称"谢宣城",后称谢公。

[3] 苏小:苏小小,南齐时钱塘著名歌妓,才貌俱佳,曾在家门前种植很多柳树。

[4] 襟韵:襟怀风度。

[5] 休:指美好。《诗经·商颂·长发》:"何天之休。"郑玄笺:"休,美也。"

[6] 尘冠:官帽。

[7] 挂却:辞官。

◇译文

　　在宣城潇洒不羁地漂泊了十多年，每日纵酒徘徊。被谢公城边溪水的声音惊醒酣睡之梦，苏小小门前的柳枝拂过我的头。天下的山川风景哪里最好，有多少人会有一生游玩的襟怀风度？辞官归隐本是平常事，终将虚度的光阴来寻访旧游。

早 雁

金河[1]秋半[2]胠弦开,云外惊飞四散哀。

仙掌[3]月明孤影过,长门[4]灯暗数声来。

须知胡[5]骑纷纷在,岂逐春风一一回?

莫厌潇湘少人处,水多菰米岸莓苔。

◇注释

[1] 金河:在今内蒙呼和浩特市南。

[2] 秋半:八月。

[3] 仙掌:指长安建章宫内铜铸仙人举掌托起承露盘。

[4] 长门:长门宫,汉代的宫名。

[5] 胡:指回鹘。

◇译文

　　秋天，回鹘士兵在边地拉弓射箭，天空中大雁受到惊吓四散飞去，哀鸣声声。月明之夜，孤雁飞过长安建章宫的承露仙掌，几声哀鸣传到昏暗的长门宫前。应知北方战乱，胡骑入侵，烽烟四起，怎么能随着春风回到家乡？不要嫌弃潇湘人烟稀少，水边有很多菰米和莓苔可以让你们免受饥饿。

早 秋

疏雨洗空旷,秋标[1]惊意新。

大热去酷吏,清风来故人[2]。

樽酒酌未酌,晚花嚬[3]不嚬。

铢秤[4]与缕雪,谁觉老陈陈[5]。

◇注释

[1] 秋标:秋初。

[2] 大热去酷吏,清风来故人:这两句为"大热酷吏去,清风故人来"的倒装。

[3] 嚬:皱眉。

[4] 铢秤:宋代以铢为最小计量单位的秤。二十四铢为一两。

[5] 陈陈:不断增加。

◇**译文**

　　天空像是被稀疏的小雨清洗过一样空旷，初秋的景象意外地清新。夏天的酷热像酷吏一样一去不返，清风像故人一样袭来。端起酒杯对饮还未饮用，傍晚的花儿已皱还未凋落。粮食已称重，谁会发现是陈年的粮食呢？

早 行

垂鞭信马[1]行,数里未鸡鸣。

林下带残梦[2],叶飞时忽惊[3]。

霜凝孤鹤迥[4],月晓远山横。

僮仆休辞[5]险,时平路复平。

◇注释

[1] 垂鞭信马:指任马自由行走不加约束。

[2] 残梦:指半睡半醒。

[3] 惊:惊醒。

[4] 迥:高。

[5] 辞:抱怨。

◇译文

　　早起赶路,任马自由行走不加约束,走了数里还未听见鸡鸣。走在树林下还半睡半醒,树叶落下才忽然惊醒了尚在残梦中的我。寒霜凝聚,孤鹤在高空中飞翔,月色迷蒙,笼罩着远处的山。僮仆不要抱怨路途艰险,天下太平路途就不会艰险。

早春题真上人院

清羸[1]已近百年身,古寺风烟又一春。
寰海[2]自成戎马[3]地,唯师曾是太平人。

◇注释

[1] 清羸:消瘦,清瘦。

[2] 寰海:海内。

[3] 戎马:指战乱。

◇译文

真上人身体清瘦,年已近百,古寺中风烟飘散,又一年春天来临。如今天下战乱,只有真上人才是太平之人。

紫薇花

晓迎秋露一枝新,不占园中最上春[1]。
桃李无言又何在,向风偏笑艳阳人。

◇注释

[1] 上春：早春。

◇译文

一枝初开的紫薇花在秋露中迎来清晨的阳光,不在园中与百花争艳。桃花、李花无言,如今凋落在何处,紫薇花迎着秋风笑看那些在春日里开放的花儿。

郑瓘[1]协律[2]

广文[3]遗韵留樗散[4],鸡犬图书共一船。
自说江湖不归事[5],阻风[6]中酒过年年。

◇注释

[1] 郑瓘:字莹之,郑虔之孙。

[2] 协律:协律郎,正八品上,掌调和律吕。

[3] 广文:指郑虔,字弱斋,工书画,曾将其诗画呈献,皇帝署曰:"郑虔三绝。"天宝初年为协律郎,因私撰国史,坐谪十年,回京后为广文馆博士。

[4] 樗散:指像樗木散材那样被闲置的无用之材,形容不合世用。《庄子·逍遥游》:"吾有大树,人谓之樗,其大本拥肿而不中绳墨,其小枝卷曲而不中规矩,立之涂,匠者不顾。"疏:"樗,栲漆之类,嗅之甚臭,恶木者也。"《人间世》:"散木也,以为舟则沉,以为棺椁则速腐,以为器则速毁,以为门户则液樠,以为柱则蠹,是不材之木也。"

[5] 归事:指归隐。

[6] 阻风:逆风。

◇译文

　　郑瑾虽有郑虔的流风遗韵，但却不合世用，郑瑾将鸡犬与图书共载一船，悠闲散淡。总说归隐之事，却年年在坎坷中借酒浇愁。